W0389244

Franziska Gehm
Die Vampirschwestern
Der Meister des Drakung-Fu

Alle Abenteuer der Vampirschwestern:

Band 1: Eine Freundin zum Anbeißen
Band 2: Ein bissfestes Abenteuer
Band 3: Ein zahnharter Auftrag
Band 4: Herzgeflatter im Duett
Band 5: Ferien mit Biss
Band 6: Bissige Gäste im Anflug
Band 7: Der Meister des Drakung-Fu

Franziska Gehm

Die Vampirschwestern

Der Meister des Drakung-Fu

Loewe

www.die-vampirschwestern.de

FSC

Mix

Produktgruppe aus vorbildlich
bewirtschafteten Wäldern und
anderen kontrollierten Herkünften

Zert.-Nr. SGS-COC-001940
www.fsc.org
©1996 Forest Stewardship Council

ISBN 978-3-7855-6846-0
1. Auflage 2010
© 2010 Loewe Verlag GmbH, Bindlach
Umschlag- und Innenillustration: Dagmar Henze
Umschlaggestaltung: Christian Keller
Redaktion: Annette Schatz
Printed in Germany (007)

www.loewe-verlag.de

Inhalt

Kampf in der Nacht

Die Nacht hatte sich wie eine tiefblaue besternte Jurte über die mongolische Steppe gelegt. Die schrillen Warnpfiffe der kleinen Pfeifhasen waren schon lange verklungen, ebenso der Gesang der Steppen-Sattelschrecke. Die Mongolei, dieses gewaltige und ehrwürdige Land, schlief in den Armen von Russland und China in Asiens Mitte.

Das heißt ... nicht das ganze Land. Die meisten Bewohner der Mongolei schliefen. Aber nicht alle. Manche waren auch gerade erst aufgestanden. Die Nacht lag vor ihnen, verheißungsvoll und zauberhaft, wie ein Versprechen. Oder wie ein reichlich gedeckter Tisch.

Ein majestätischer Maralhirsch wagte sich im blassblauen Mondlicht hinter einer Gruppe Fichten hervor. Der Kopf mit dem gewaltigen Geweih hob sich dunkelgrau und drohend vom Himmel ab. Der Maralhirsch ging langsam ein paar Schritte auf dem trockenen Steppenboden. Er reckte den langen Hals, drückte die breite Brust heraus und streckte die Nase in die kühle Nachtluft. Er witterte keinen Gobibären und keinen Schneeleoparden. Er war allein. Er war der Herrscher der Nacht. Er fühlte sich sicher.

Das Gefühl war trügerisch.

Gierige goldene Augen hatten den Maralhirsch ins

Visier genommen und ließen keine Sekunde von ihm ab. Doch der gewaltige Hirsch bemerkte sie nicht. Er sah auch nicht das elfenbeinfarbene Gesicht mit den feinen kristallblauen Äderchen auf der Stirn. Zwar nahm er einen seltsamen, modrigen Geruch wahr, doch er wusste ihn nicht einzuordnen. Hin und wieder war er diesem eigenartigen Geruch bei seinen nächtlichen Streifzügen durch die mongolische Steppe schon begegnet. Doch noch nie hatte er die Quelle des Geruchs gesehen. Vermutlich war es nur ein winziges, scheues Wesen der Nacht.

Der Maralhirsch wusste nicht, dass dieser Geruch eine Gefahr für ihn bedeutete. Dass dieser Geruch der Vorbote des Todes war.

Nur ein paar Meter von dem Maralhirsch entfernt lauerte tatsächlich ein Wesen der Nacht. Doch es war nicht scheu. Im Gegenteil, das Nachtwesen war gefährlich, wild und stark. Es war ein junger Krieger. Wie ein Raubtier hockte er auf einem Felsvorsprung, verborgen hinter einer kleinen Zirbelkiefer. Er hatte alle Muskeln angespannt. Seine Haut leuchtete hell im Mondlicht, und als er die Oberlippe hochzog, blitzten zwei spitze Eckzähne auf. Der Krieger breitete die langen, dünnen Arme aus, als wären sie gewaltige Schwingen, und richtete sich langsam auf.

Der Maralhirsch spitzte die Ohren. Er blieb stocksteif stehen. Nur seine braunen Augen suchten sorgfältig die Umgebung ab. Nichts sollte ihm entgehen.

Als er den Krieger sah, war es zu spät. Er stürzte

sich mit weit ausgebreiteten Armen, weit aufgerissenem Mund und einem lauten Kampfschrei auf seine Beute.

Doch so schnell ließ sich ein Maralhirsch nicht verschrecken. Schon gar nicht dieser. Er war fast zwei Meter groß und wog an die 350 Kilogramm. Der Krieger dagegen war höchstens einen Meter sechzig groß und wog höchstens fünfzig Kilo. Mit einem Ruck legte der Hirsch den Kopf schief und stieß mit seinem bedrohlichen Geweih nach dem Angreifer. Es fehlten nur wenige Millimeter und er hätte den Krieger aufgespießt. Doch der flog in letzter Sekunde zur Seite. Es machte *ratsch* und ein Stück des dunkelblauen Mantels des Kriegers blieb am Geweih hängen. Es baumelte dem Maralhirsch vor den Augen und kitzelte an seiner Nase. Der Hirsch starrte wütend auf den Stofffetzen vor seiner Nase und versuchte, ihn mit der Zunge zu schnappen.

Der Krieger war klein, aber schnell wie ein Leopard. Während der Hirsch noch mit dem Stofffetzen kämpfte, flog der Krieger hinter den Maralhirsch und setzte sich auf dessen Rücken. Kaum spürte der gewaltige Hirsch das ungewohnte Gewicht auf seinem Rücken, schnaubte er wütend und stellte sich auf die kräftigen Hinterbeine. Doch der Krieger rutschte nicht vom Rücken. Er hielt sich mit beiden Händen am Geweih fest.

Der Maralhirsch ließ sich wieder auf die Vorderbeine fallen. Er trat mit den Hinterbeinen aus. Dann hüpfte er wie ein wilder Ziegenbock über den trockenen Steppenboden. Der dunkelblaue Stofffetzen verfing sich im Geweih und wickelte sich wie ein Turban darum. Der Hirsch buckelte, sprang und trat aus. Es staubte, als wäre eine Herde Yaks vorbeigestürmt. Doch der Krieger ließ sich nicht abschütteln. Seine Hände schienen mit dem Geweih verwachsen zu sein. Seine Beine klammerten sich fest um die Flanken.

Dem Maralhirsch wurde es langsam zu bunt. Er war doch kein Pferd. Oder noch schlimmer: ein alter Esel! Voller Wut riss er den Kopf zurück und mit einem kräftigen, schnellen Ruck sofort wieder vor. Damit hatte der junge Krieger nicht gerechnet. Er konnte sich zwar gerade noch am Geweih festhalten, wurde aber durch den plötzlichen Ruck nach vorne geschleudert. Er machte einen Kopfüberschlag, dann hing er am Geweih, dem Hirsch direkt vor der Nase.

Die blasse Nase des Kriegers und die schwarzgraue Schnauze des Maralhirsches berührten sich fast. Die goldenen Augen des Angreifers blitzten vor Kampfeslust, Übermut und Unerschrockenheit. Er fletschte die Eckzähne und fauchte. Dann verzog er das Gesicht zu einem unverschämten Grinsen.

Der Maralhirsch schnaubte wütend. Doch bevor er austreten, mit dem Geweih um sich stoßen oder nach dem dreisten Angreifer schnappen konnte, begann dieser, sich vor seinen Augen zu drehen. Der Krieger flog im Bogen um die Nase des Hirsches herum. Er hielt sich dabei mit einer Hand am Geweih fest, den anderen Arm hatte er ausgestreckt und drehte sich wie ein Propeller. Immer schneller.

Wusch, wusch, wusch, sauste der Krieger an der Hirschnase vorbei.

Wuschwuschwuschwuschwuschwusch …

Dem Hirsch flackerten die Augen. Das Dunkelblau des Mantels, das Elfenbeinfarben der Haut und das Gold der Augen vermischten sich zu einer großen bunten, wabernden Kugel. Die Kugel wurde immer größer und drehte sich immer schneller. Bis der Maralhirsch schließlich nicht mehr wusste, ob *er* sich drehte, die Kugel oder die ganze Welt. Und dann geschah etwas, was ihm noch nie zuvor in seinem Leben passiert war (noch nicht einmal zur Brunftzeit): Ihm wurden die Knie weich. Der Maralhirsch blinzelte, er röhrte, er ließ die Zunge aus dem Mund hängen. Die Kugel drehte sich immer weiter. Immer schneller. Immer bunter. Dem Hirsch wurde immer schwindliger.

Wie in Zeitlupe rutschten die Vorder- und die Hinterbeine des Hirsches auseinander, bis er mit dem Bauch den Steppenboden berührte und alle viere von sich streckte. Auch das passierte dem mongolischen Hirsch zum ersten Mal.

Erst als der Hirsch mit heraushängender Zunge am Boden lag und sein Kopf samt Geweih und Turban zur Seite kippte, ließ der Krieger das Geweih los. Er flog drei Runden um den Maralhirsch herum. Dann legte er sich rücklings auf dessen Rücken, verschränkte die Arme hinter dem Kopf und grinste zufrieden vor sich hin.

Der Hirsch lag am Boden. Bis auf ein Schnaufen zeigte er keine Regung mehr. Er kam sich vor wie ein Türvorleger. Er hoffte inständig, dass ihn keine seiner Hirschkühe so sehen würde.

Der Krieger mit den goldenen Augen drehte sich um. Er musterte das Gesicht des Maralhirsches von der Seite. Sein Mund mit den spitzen Eckzähnen war nur wenige Zentimeter vom Hals des Tieres entfernt. Der Krieger fuhr sich mit der Zunge über die Zähne. Er rümpfte die Nase. Er fauchte.

Der Hirsch begann zu zittern. Das Gesicht des Kriegers kam immer näher. Mit den messerscharfen Eckzähnen, mit den gierigen Goldaugen. Der Maral wusste, dass es im nächsten Moment um ihn geschehen sein würde. Dennoch konnte er sich nicht bewegen. Er war gelähmt vor Angst und Schwindel. Mal abgesehen davon, dass seine Beine so weich wie Steppengräser waren.

Schon spürte der Hirsch einen kühlen Hauch an seinem Hals. Modriger Geruch stieg ihm in die Nase. Er schloss die Augen und machte sich auf das Ende gefasst. Jeden Moment würden sich die scharfen Hauer dieses heimtückischen Nachtwesens in seinen Hals bohren. Jeden Moment war es um ihn geschehen. Er versuchte, an etwas Schönes zu denken. An die Zeit, als er noch ein Kalb war und in der Steppe spielte. An den Tag, als er den alten Platzhirsch vertrieb. Und an seine Hirschkühe.

Dann war es so weit. Die letzte Sekunde war gekommen. Der Maral spürte etwas Glattes, Kaltes an seinem Hals. Doch zu seiner Überraschung war es nicht spitz. Und es tat auch gar nicht weh.

Der Hirsch öffnete ein Auge und schielte nach unten auf seinen Hals. Der Krieger hatte die Arme um seinen Hals geschlungen, die Augen geschlossen und rieb seine Wange an seinem Fell.

„Noi, noi noi!“, kam eine Stimme aus einem Gebüsch. Sie klang so tief, voll und rund, als wäre sie über Jahrhunderte wie ein Stein im Flussbett abgeschliffen worden. „Kerul Tschagatai Jugur Selenga! Was meinst du da gerade zu tun, mein junger Krieger der Finsternis?“ Ein alter Mann trat in einem hellgrauen Gewand aus dem Gebüsch. Er stützte sich auf einen langen, dünnen Knochen. Seinen langen grauen Bart hatte er aufgerollt und mit zwei Essstäbchen hochgesteckt. Er erinnerte an zwei Frühlingsrollen.

Der junge Krieger Kerul gab den Hirsch aus der Umarmung frei und strich ihm noch einmal über den Rücken. Dann stand er auf, klatschte zweimal mit den Händen über dem Kopf und stieß dabei die Eckzähne aufeinander, wie es als ehrenvoller Gruß Brauch vor einem alten Meister war. „Ich habe den mächtigen Maral erlegt, großer Dschingbiss Zhan.“ Kerul zeigte auf den Hirsch hinter sich.

„Wie wahr. Wie gekonnt! Wie ein echter Krieger. Ich sah es mit eigenen Augen“, erwiderte Dschingbiss Zhan. „Doch was lässt dich jetzt zögern? Ein Vampgole beißt zu, wann und wo immer er kann.“ Der Meister sah zum Hirsch. Speichel tropfte von einem seiner Eckzähne.

Der junge Krieger drehte sich zum Hirsch um. Sein Blick schweifte über das weiche Fell, das prächtige Geweih mit dem dunkelblauen Turban und verweilte einen Moment bei den großen braunen, traurigen Augen. Kerul blinzelte, dann wandte er sich wieder an seinen Meister. „Kein Hunger." Er zuckte mit den Schultern.

Dschingbiss Zhan zog an seinem Ohrläppchen, als müsste er die beiden Wörter erst den Gehörgang herunterspülen. „Kein Hunger? Ein Vampgole hat immer Hunger. Durst sowieso."

Kerul kratzte sich am Hals. „Ich hab eine Hirschallergie."

Dschingbiss Zhan sah den jungen Krieger eindringlich an. Die Sekunden verstrichen. Kerul wagte es nicht, sich vom Fleck zu rühren. Der Hirsch allerdings schon. Er wusste nicht, was für ein großer Meister Dschingbiss Zhan war, und dass man sich nicht einfach ohne seine Erlaubnis aus dem Staub machen durfte. Er nutzte die Gelegenheit, sprang auf die Beine und stürmte ins nächste Gebüsch davon.

Keiner der beiden Vampgolen beachtete ihn.

„Wenn du noch einmal eine solch fette Mahlzeit entkommen lässt", sagte Dschingbiss Zhan schließlich, „wird das schlimm für dich enden, Kerul Tschagatai Jugur Selenga. In der mongolischen Steppe ist der Tisch nicht so reich gedeckt, da kann man nicht wählerisch oder allergisch sein."

Kerul sah zu Boden.

„Außerdem musst du Kräfte sammeln. Du brauchst jede Nahrung, die du nur kriegen kannst. Dir steht die schwierigste Prüfung deines jungen Lebens bevor." Mit diesen Worten erhob sich der alte Meister in den Nachthimmel. „Möge die Modrigkeit mit dir sein!“, rief er Kerul zu, bevor er lautlos in Richtung Norden davonflog.

Kerul sah seinem Meister lange nach. Im Norden lag ihre gemeinsame Heimatjurte. Auch für Kerul wurde es Zeit zurückzukehren. Zurück nach Ulan-Vampor.

Ein Portokulator für die Liebe

Ungefähr 6600 Kilometer weiter westlich warfen die letzten Strahlen der Abendsonne einen milchig-gelben Schleier über die Häuser am nördlichen Rand der Großstadt Bindburg. Die Reihenhaussiedlung wirkte vollkommen friedlich. Sogar das letzte Haus im Lindenweg, in dem seit Kurzem eine Familie aus Rumänien wohnte. Genau genommen aus Transsilvanien. Zur Familie gehörten Mihai Tepes (Vater und Vampir), Elvira Tepes (Mutter und Klobrillengestalterin), Silvania Tepes (Tochter und Halbvampir), Dakaria Tepes (sieben Minuten jüngere Tochter und Halbvampir), Karlheinz (Blutegel) und Fidel und Napoleon (Rennzecken).

Mihai Tepes ließ Fidel und Napoleon gerade im Keller gegeneinander antreten. Frau Tepes hatte sich ausnahmsweise dazu bereit erklärt, beim Zeckenrennen der Wettgegner ihres Mannes zu sein. Herr Tepes vermisste die Rennzeckenwetten, die in seiner Heimat eine beliebte Freizeitbeschäftigung waren. Und so manches andere vermisste er auch. Aber wäre er in seiner Heimat, würde er seine Frau vermissen. Und das wäre viel schlimmer.

Mihai Tepes setzte alles auf Napoleon.

Elvira Tepes setzte alles auf Fidel.

Daka Tepes setzte sich gerade in die Straßenbahn.

Und Silvania Tepes saß bereits. Und zwar mit

übereinandergeschlagenen Beinen auf ihrem Metallbett. Sie hatte ein dickes, altes Buch vor der Nase. Auf dem lila-roten Umschlag stand in Schnörkelschrift: *Ratgeber für Leben, Liebe und Leidenschaften.*

„Und, steht da was?", fragte Helene. Sie hing mit den Händen an einer Metallleine, die quer durch das Zimmer der Vampirschwestern gespannt war, und schaukelte vor und zurück. Die Metallleine quietschte leise. Die langen blonden Haare wehten bei jedem Schwung. Sie fielen Helene über die Ohren und verdeckten ihr Hörgerät. Und sie sahen wunderschön aus, wie goldener Weizen im Wind, fand Silvania.

„Jetzt warte doch mal. Ich muss erst den Eintrag finden, der auf dich und Murdo zutrifft." Silvania fuhr die Zeilen mit dem Finger nach und runzelte die Stirn, dann las sie langsam vor: „Mütterliche Liebe ..."

„Nö", kam es von der Metallleine.

„Käufliche Liebe ..."

Helene sah Silvania fragend an.

„Die Liebe zu Gott ..."

„Steht da nichts über die Liebe zu einem Vampir?", fragte Helene.

„Blinde Liebe ..."

Helene schüttelte den Kopf. „Nur leicht hörgeschädigte Liebe."

„Innige Liebe ..."

„Aber wie!"

„Heimliche Liebe ...", las Silvania.

„Und ob!“

„Unglückliche Liebe.“

„Leider ja.“ Helene seufzte. Sie dachte an ihre innige, heimliche und leider unglückliche Liebe. Sie dachte an Murdo. Murdo war der Sänger der transsilvanischen Band *Krypton Krax*. Und Murdo war ein Vampir.

Er war eine Liebe, die man nicht auf dem Schulhof, beim Eisessen oder bei einer Pyjamaparty traf. Jemanden wie Murdo lernte man nur kennen, wenn man sich in das finstere Reich der Vampire wagte. Das hatte Helene getan. Und das kam so:

Helene Steinbrück war die beste und einzige Freundin der Vampirschwestern Silvania und Daka. Neben Ludo Schwarzer (der beste und einzige Freund der Zwillinge) wusste sie als Einzige von der geheimen, halbvampirischen Identität der Schwestern. Die Schwestern und Ludo wiederum kannten als Einzige Helenes Geheimnis: Sie trug ein kleines Hörgerät am Ohr, da sie bei einem Unfall beinahe ihr Gehör verloren hatte. Und Silvania, Daka und Helene kannten als Einzige Ludos Geheimnis: Er konnte hellsehen (leider nur verschwommen) und zu ihm sprachen Geister (leider oft etwas undeutlich).

Helene war mit den Schwestern in den Herbstferien nach Transsilvanien gereist. Es waren herrlich unheimliche, gefährliche Ferien gewesen, fand Helene. Doch am schaurig-schönsten war das Date mit Murdo gewesen. Die Vampirschwestern und ihre Eltern fanden das Date allerdings nur schaurig und gar nicht schön. Denn Murdo war nicht nur ein Vampir, sondern ein Transgigant. Die Transgiganten waren eine besonders blutrünstige und aggressive Vampirart. Keiner wusste so recht, ob es bei Murdo Liebe oder nur Appetit war.

Vor ein paar Tagen waren Transgiganten auf ihren Riesenfledermäusen über Bindburg aufgetaucht. Sie hatten versucht, Helene zu entführen, denn sie duldeten keinerlei Beziehungen zwischen Transgiganten und Menschen. Mit geballten Kräften und Eckzähnen hatten sie es zwar geschafft, die Transgiganten zu vertreiben, aber eins hatte ihnen der Besuch der übergroßen und nimmersatten Vampire dennoch klargemacht: Wollte Helene mit Murdo Kontakt aufnehmen, musste sie sehr vorsichtig und unauffällig vorgehen.

Silvania blätterte in dem dicken Buch vor und zurück. Sie leckte kurz und elegant ihren Zeigefinger an. Daran steckte ein großer knallroter Ring, der wie ein Bonbon aussah. Einer von Silvanias Milcheckzähnen war im Bonbon eingeschlossen. Sie hatte den Zahn zum Andenken aufgehoben und zum Ring verarbeitet. Silvania las ein Stück, blätterte weiter, las, stutzte, blätterte wieder zurück.

„Weiß der Ratgeber nun einen Rat bei inniger, heimlicher, unglücklicher Liebe?“, fragte Helene. Sie sah auf ihre gelben Turnschuhe, auf die sie grinsende Totenköpfe gemalt hatte.

„Wenn ich das alles richtig verstehe, cmpfehlen die hier Geduld, Zurückhaltung und einen starken Willen. Und sie verweisen auf tragische Liebesgeschichten aus Literatur und Geschichte, wie zum Beispiel Romeo und Julia."

„Von denen hab ich schon mal gehört." Helene stieß mit der Zunge von innen gegen ihre Wange, während sie nachdachte. „Die heiraten am Ende und bekommen Drillinge, stimmt's?"

„Die bekommen jede Menge Ärger und bringen sich am Ende um."

„Oh."

Silvania schlug das Buch mit einem lauten Knall zu. Es staubte etwas. „Dein Fall ist einfach zu speziell. Wir müssen nach einer eigenen Lösung suchen."

Helene stieß sich mit beiden Beinen vom Boden ab, schaukelte an der Leine und nickte entschlossener, als sie war. „Genau."

„Zunächst einmal musst du herausfinden, ob Murdo dein Blut will oder dein Herz. Ich meine, rein symbolisch, Herz ohne Blut, verstehst du?"

Helene nickte. „Aber wie soll ich das herausfinden, ohne mit ihm zu reden? Und wie soll ich mit ihm in Kontakt treten, ohne dass es seine Eltern oder die Transgiganten merken?" Bei dem Gedanken an die gewaltigen, kräftigen Vampire begann Helenes Unterlippe zu zittern.

In dem Moment flog die Zimmertür auf. Sie war nicht das Einzige, was flog. Dakaria Tepes flog ins Zimmer. Sie hatte einen Arm ausgestreckt und die Hand zur Faust geballt. Unter dem anderen Arm klemmte ein flaches schwarzes Brett. Daka trug eine enge graue Hose und lila Schnürschuhe, die halb von dunkelgrauen Stulpen verdeckt wurden. Ihr schwarzer Pullover hatte Fledermausärmel und einige Löcher. „Superdaka im Anflug!“, rief sie. Sie gab Silvania und Helene im Vorbeifliegen eine Kopfnuss.

„Hoi boi!“, sagte Silvania.

„Autsch!“, sagte Helene.

Daka blieb in der Luft stehen und betrachtete Helene. „Du hängst falsch herum ab“, stellte sie fest und hing sich selbst kopfüber an die Leine. Das Brett, das sie unter den Arm geklemmt hatte, legte sie in einem Regal neben der Leine ab.

Erst jetzt erkannten Silvania und Helene, dass es ein Laptop war.

Daka strich über den Laptop, legte den Kopf schräg und lächelte das Gerät versonnen an, wie sie es sonst nur bei Karlheinz tat. „Mein erster eigener funktionstüchtiger Portokulator.“

„Wo hast du den denn her?“, fragte Silvania.

„Von Ludo.“ Daka klappte den Laptop vorsichtig auf, als wäre er eine Schatztruhe. „Ludo hat gesagt, er braucht ihn grad nicht, da er einen neuen geschenkt bekommen hat. Außerdem hat er hellgesehen, dass ich den Portokulator dringend brauche.“

Silvania zog die Augenbrauen hoch. „Wozu?“

„Um genau drei Sachen zu machen“, erwiderte Daka. „Erstens: eine neue Bananenschneckenschleimseife für meine Haare aus Transsilvanien zu bestellen. Zweitens: mir die neuesten Songs von *Krypton Krax* herunterzuladen. Und drittens: an der Diskussion im Forum für Blutegelbesitzer teilzunehmen. Da erfährt man alles über die Pflege und richtige Haltung der Blutegel. Und man kann einen Taucher, ein Schiffswrack oder einen Sarg als Deko für das Aquarium bestellen."

„Und das ist dringend?"

Daka reagierte nicht auf die Frage ihrer Schwester. Sie hatte den Laptop eingeschaltet und sah angestrengt auf den Bildschirm. „Fumpfs, hier ist alles verkehrt herum."

„Du bist verkehrt herum", sagte Helene.

„Gumox", sagte Daka, nahm den Laptop in beide Hände und drehte ihn um. Jetzt lag der Monitor auf dem Regal und die Tastatur stand nach oben. „Na also, geht doch."

Silvania verdrehte die Augen und schüttelte den Kopf. Ihre Haarspange mit den Geierfedern rutschte dabei ein Stück nach unten. „Und wie willst du jetzt tipp –" Der Rest des Satzes blieb Silvania im Hals stecken. Sie starrte auf den Laptop. Dann wanderte ihr Blick langsam zu Helene. „Das ist DIE Lösung!"

„Weiß ich." Daka grinste ihren Laptop zufrieden an.

„Nein, ich meine für Helene und Murdo!"

Daka und Helene sahen Silvania fragend an.

„Ihr trefft euch im Internet", fuhr Silvania fort. Vor Aufregung bildeten sich rote Kringel um ihre lindgrünen Augen. Sie war vom Bett aufgestanden und strich sich den dunkelroten Rock glatt, an dessen unterem Rand kleine Skelette tanzten.

„Und wo da genau?", fragte Helene.

„Dort, wo euch keine Transgiganten finden. Dort, wo nur Auserwählte Zugang haben. In einem geheimen Netzwerk."

Daka atmete durch die Zähne ein. Sie sah kurz auf den Bildschirm, dann nickte sie ihrer Schwester verschwörerisch zu und flüsterte: „Ihr trefft euch im *Vampir Vunio Zettercorda*."

Das VampirVz

Daka, Helene und Silvania beugten sich über den Laptop. Er stand jetzt auf dem Schreibtisch im Zimmer der Vampirschwestern. Silvania hatte ihre Schwester schließlich davon überzeugen können, dass es sich mit nach oben stehender Tastatur etwas schwer tippen ließ und alle besser sehen konnten, wenn sie den Laptop einfach auf den Tisch stellten. So, wie es alle Menschen taten.

Daka hatte ihre Schwester darauf hingewiesen, dass sie kein Mensch war, aber mal eine Ausnahme machen und sich zumindest in dem Punkt wie ein Mensch benehmen wollte.

„Jetzt isser kaputt“, sagte Helene und zeigte auf den Laptop.

„Alles schwarz“, stellte Silvania fest.

„Alles znicnak“, hauchte Daka.

„Vielleicht ist eine vampwanische Internetseite einfach zu viel für einen Portokulator von einem Menschen“, überlegte Silvania laut.

„Oder die vampwanische Seite hat den Laptop zerstört wie ein bissiger Virus“, sagte Helene.

Daka drückte alle möglichen Tasten. Der Bildschirm blieb schwarz. „Gumox. Das glaub ich nicht. Das *Vampir Vunio Zettercorda* ist ein weltweites Netzwerk. Es muss auch auf nicht-vampwanischen Rechnern funktionieren.“

Die drei Mädchen beugten sich über den tiefschwarzen Bildschirm. „Die Maus lebt noch“, stellte Helene fest und fuhr mit dem Cursor über den Monitor.

„Und hier leuchtet auch noch so ein grünes Licht.“ Silvania zeigte an den oberen Rand der Tastatur. „Total kaputt ist der Portokulator also nicht.“

Daka stützte den Kopf in die Hände, nahm links und rechts jeweils einen Haarstachel zwischen Daumen und Zeigefinger und zog daran, als könne sie so die Denkmasse zwischen den Ohren vergrößern. Sie schielte zu Karlheinz. Er lag auf einem dunklen Stein und war kaum zu erkennen. Er hatte es gut. Er musste nicht über Portokulatoren und vampwanische Webseiten nachdenken.

Daka sah wieder zum Bildschirm. Sie starrte auf die schwarze Fläche. Sie starrte und starrte und starrte. Sollte sie Ludo anrufen? Der sah vielleicht nicht nur schwarz wie sie. Oder den Laptop einfach ausschalten, kurz schütteln und wieder anschalten? Auf einmal bewegte sich etwas auf dem Monitor. Daka kniff die Augen zusammen. Es war schwarz, genau wie der Untergrund, und daher kaum zu erkennen. Fast wie Karlheinz auf dem dunklen Stein. „Da! Seht doch!“, rief Daka.

Helene und Silvania starrten ebenfalls auf den Bildschirm.

„Hä?“, machte Helene.

„Wo?“, fragte Silvania.

„Na da, mitten in der Mitte! Da kriecht etwas. Eine Schlange oder so.“

Nach und nach erkannten auch Silvania und Helene etwas. Die schwarze Schlange hob sich nur vom Hintergrund ab, weil sie sich bewegte. Sie wurde immer größer, länger, deutlicher.

„Das ist keine Schlange", sagte Silvania. „Das sind Wörter."

„Aber irgendeine fremde Schrift", vermutete Helene.

Daka legte den Kopf schräg. „Das ist keine fremde Schrift. Die Wörter stehen nur auf dem Kopf." Was Daka für eine vampwanische Webpage vollkommen logisch fand. „Ich hab euch doch gleich gesagt, wir sollen den Portokulator umdrehen."

Helene und Silvania verdrehten die Köpfe, Daka flog zur Metallleine und hängte sich kopfüber vor den Laptop. Dann las sie laut vor: „Boi venti doi *Vampir Vunio Zettercorda.* Welcome, Willkommen. Entrom jobsche Mordadente, pitschko!

Please insert your fangs! Gib bitte deine Eckzähne ein!"

Die drei Mädchen sahen sich fragend an. Dann musterten sie den Laptop.

„Wo denn?", fragte Silvania.

Helene fuhr sich mit der Zunge über ihre menschlichen Stummeleckzähne und runzelte die Stirn.

„Lasst mich mal versuchen." Daka baumelte direkt über dem Laptop. Sie hob ihn hoch und betrachtete ihn von allen Seiten. Als sie gefunden hatte, wonach sie suchte, nickte sie zufrieden. Sie hielt sich den Laptop wie eine aufgeklappte Wurststulle vor den Mund und biss hinein.

„Noi!“, rief Silvania.

Helene verzog vor Mitgefühl schmerzhaft das Gesicht.

Daka ließ sich nicht von ihrer Elektrogeräte-Mahlzeit ablenken. Sie biss mit ihren oberen Eckzähnen in die Buchse für den Kopfhörereingang und für den Mikrofonausgang, die direkt nebeneinander an der Seite des Laptops lagen. Die Zähne passten perfekt in die Buchsen.

Helene starrte Daka an. Sie hatte noch nie einen Halbvampir mit einem Laptop im Mund gesehen.

Silvania auch nicht. In ihren Augen schimmerte Angst. Sie hatte keine Angst um Ludos Laptop, sondern um ihre Schwester.

Auf einmal rauschte der Laptop, als würden sich Hunderte von Fledermäusen in die Lüfte erheben. „Hind hir hrin?“, fragte Daka, die noch immer mit den Eckzähnen in den Buchsen steckte.

Silvania und Helene sahen auf den Bildschirm. Die große schwarze Fläche löste sich in unzählige kleine Fledermäuse auf, die aus dem Bildschirmrand und davon flogen. Einen Moment war der Bildschirm weiß, dann lief langsam eine dicke dunkelrote Flüssigkeit vom oberen Rand nach unten. Es sah erschreckend echt aus und hätte Silvania nicht gewundert, wenn das Rot vom unteren Bildschirmrand auf die Tastatur getropft wäre und sich weiter über den Schreibtisch verteilt hätte.

Silvania gab ihrer Schwester ein Zeichen. Daka zog daraufhin die Eckzähne aus dem Laptop und stellte ihn wieder auf dem Tisch ab.

„Schlotz zoppo! Wir sind wirklich drin!“ Daka sah mit offenem Mund auf den Bildschirm.

Das *Vampir Vunio Zettercorda*, kurz *VampirVZ*, gab es noch nicht so lange – vor allem, wenn man in Vampir-Zeiträumen dachte –, aber es hatte sich rasant und wie mit einem Flügelschlag unter allen Vampiren auf der Welt verbreitet. Unter allen? Nicht ganz. Das *VampirVZ* war ein Netzwerk für junge Vampire. Alle Vampire, die älter als 300 Jahre waren, hatten keinen Zugang. Darauf wurde strengstens geachtet.

Auch Silvania starrte ungläubig auf den Bildschirm. Sie war sich nicht sicher gewesen, ob sie als Halbvampire überhaupt Zugang bekommen würden. Davon, dass man seine Eckzähne in irgendwelche Buchsen stecken musste, hatte sie auch noch nichts gehört. Wie gut, dass sie ihre Mutter noch nicht zum Abfeilen der Eckzähne aufgefordert hatte. Sie nannte das „wöchentliche Dentiküre“. Daka nannte es „wöchentliche Dentitortur“.

„Guck mal, der kennt dich!“, sagte Helene und zeigte auf den Bildschirm.

HOI BOI, DAKARIA TEPES!, stand dort ganz oben.

„Aber nicht besonders gut“, meinte Silvania.

Daka verdrehte den Kopf, um die Schrift lesen zu können, die jetzt wieder richtig herum auf dem Bildschirm stand. Dann nickte sie. Dakaria wurde sie nur von Lehrern, Reisepasskontrolleuren und anderen zwielichtigen Amtsträgern genannt. Und von Computern.

Daka flog von der Leine und stellte sich neben Helene und Silvania.

Unter der Begrüßungszeile erschienen mehrere Symbole. Es waren lauter kleine Kreise. Wie eine Tapete füllten sie die ganze Seite. In einem Kreis war ein Teller Spaghetti abgebildet, in einem anderen ein Elchkopf, im nächsten der Eiffelturm, im Kreis links davon eine Matrioschka, daneben war ein Kreis mit einem Stier. In der Mitte stach ein schwarzer Kreis heraus, in dem eine weiße Fledermaus mit roten Augen blinkte. Insgesamt waren es mindestens 100 Kreise.

„Sollen das die Sprachen sein?“, fragte sich Silvania laut.

„Vampwanisch“, sagte Daka und fuhr mit der Maus über den Kreis mit der Fledermaus. Sie wollte schon darauf klicken, als Helene sie am Arm zog.

„Klick da drauf!“ Helene zeigte auf einen Kreis mit einem Gartenzwerg.

Daka klickte auf den Gartenzwerg und eine Seite mit verschiedenen Rubriken baute sich auf.

Auf der rechten Seite konnte man etwas über sich eintragen, zum Beispiel wann man geboren oder gebissen wurde, wo und von wann bis wann man in den Vampirgarten gegangen ist, welche Lieblingsblutgruppe man hat und ob man auf der Suche nach Flugbegleitern, muffigen Abenteuern, gruftigen Sargpartys oder einer vollblutigen Mahlzeit war.

Auf der linken Seite konnte man Anhänger einer bestimmten Blutgruppe werden, virtuelle Fledermäuse verschicken (wahlweise mit Herz, Harzer

Käse oder einem Kanister Blut in den Krallen), Eckzahnpflegetipps austauschen und jemanden greißen (was eine Mischung aus liebevollem Beißen und Grüßen war).

In der Mitte der Seite lag ein Sarg. Auf dem Deckel war eine Fledermaus abgebildet. Sie war schwarz und ihre lilafarbenen Augen funkelten. Als Daka auf den Deckel klickte, ging der Sarg mit einem Knarren auf. Eine Fledermaus flog quer über den Bildschirm. Sie wandte den Kopf dabei kurz zum Betrachter und grinste breit.

Auf der Innenseite des Deckels waren verschiedene Wörter eingeritzt. Dort konnte man im *VampirVZ* nach Freunden suchen und sie dann in seinen Sarg einladen. Man konnte sehen, welche Freunde gerade auch ihren Sargdeckel im *VampirVZ* geöffnet hatten. Man konnte die Sargbesucher wissen lassen, was man gerade machte. Und man konnte an die Särge der anderen anklopfen. Daneben gab es noch viele verschiedene andere Aktivitäten.

„Virtueller Zwilling“, las Daka vom Sargdeckel vor. „Was ist das denn?“

„Wahrscheinlich jemand, mit dem du viele Gemeinsamkeiten hast“, sagte Helene.

„Oder dein Traumpartner. Dein Seelenverwandter. Der kühne Eroberer deines Herzens“, hauchte Silvania und bekam rote Kringel um die Augen.

Daka sah ihre Schwester einen Moment irritiert an. „Ein echter Zwilling reicht mir.“ Sie richtete den Blick wieder auf den Bildschirm. Der Sargboden war, abgesehen von ein paar Spinnweben, leer. Ungefähr dort, wo der Kopf ruhen würde, lag ein Zettel, auf dem mit blutroter Schrift stand: *Hier können deine Freunde dir mit ihren Eckzähnen eine Nachricht einritzen.*

„Los, suchen wir mal jemanden", sagte Helene. „Wie wäre es mit ... Murdo?" Jetzt war es Helene, die rote Kringel im Gesicht bekam.

Daka tippte beziehungsweise ritzte Murdos vollständigen Namen in den Sargdeckel: *Murdo Dako-Apusenu.* Kaum hatte sie auf *Enter* gedrückt, flog eine dicke Fledermaus links aus dem Bildschirm und hinterließ eine dunkelblaue Wolke, die aus ihrem Hinterteil kam. Zwei Sekunden später kam die dicke Fledermaus rechts wieder ins Bild, als wäre sie eine Runde um den Laptop geflogen. Sie setzte sich auf den Sargrand, rülpste einmal leise und daraufhin erschienen mehrere Informationen.

Silvania kniff die Augen zusammen und studierte den Bildschirm. „Also, die gute Nachricht ist, Murdo ist auch beim *VampirVZ* ..."

„Aber die schlechte Nachricht ist, er ist gerade nicht online", fuhr Helene fort.

„Bestimmt geben *Krypton Krax* gerade irgendwo ein unterirdisch krachendes, modermäßig geniales Konzert", meinte Daka.

„Du kannst ihm ja eine Nachricht in seinen Sarg ritzen", schlug Silvania vor.

„Oder ihn greißen", sagte Daka.

„Aber dann denkt er, du warst das. Das ist doch deine *VampirVZ*-Seite", sagte Helene zu Daka.

Darüber musste Daka kurz nachdenken. Ganz

ehrlich gesagt, würde sie Murdo Dako-Apusenu auch gerne mal greißen. Aber ganz ehrlich gesagt und wirklich nur, weil er der Sänger der besten Band der Welt und Unterwelt war. Er war ein Star, ein Idol, ein Überflieger unter den Vampiren. So liebte ihn Daka. Helene hatte es dagegen viel schlimmer erwischt: Sie hatte sich in den richtigen Murdo verliebt, nicht in den Star.

„Du kannst meinen *VampirVZ*-Zugang benutzen", sagte Daka schließlich zu Helene. „Erklär Murdo einfach, dass du es bist und nicht ich. Ich kann mir dann ja mit Silvania ihren Zugang teilen, oder?" Daka sah ihre Schwester fragend an.

Silvania nickte schnell. „Schließlich müssen wir uns ja auch ein Zimmer teilen."

„Und einen Vampir als Vater", ergänzte Daka.

Helene strahlte ihre bissigen Freundinnen an. „Datiboi!"

„Moment ...", Silvania hob den Zeigefinger und hielt ihn auf einen unbestimmten Punkt gerichtet, während sie nachdachte. „Zum Einloggen brauchst du aber immer Daka."

„Nö. Nur Dakas Zähne", erwiderte Helene.

Daka griff sich spontan an ihre Eckzähne. Sie waren noch da.

„Wir machen einfach in der Zahnarztpraxis von meinem Vater einen Abdruck, füllen den mit Gips und schon habe ich ein paar Eckzähne zum Einloggen."

Daka fuhr sich mit der Zunge über die Zähne und runzelte die Stirn.

Helene sah auf die Uhr. „Fumpfs. Heute schaffen wir das nicht mehr. Ich muss los."

Erleichtert atmete Daka auf.

In dem Moment kam aus dem Keller der Tepes' ein entsetzter Aufschrei.

„Was war das?" Helene sah die Schwestern entsetzt an.

„Nur unser Vater", sagte Silvania.

„Fidel hat gewonnen", sagte Daka.

„Das musst du nicht verstehen", fügte Silvania hinzu.

Kurz darauf hörten sie, wie die Kellertür aufflog. „Frühstück!", rief eine tiefe Männerstimme.

„Er ist immer noch etwas durcheinander wegen der Tag-Nacht-Umstellung", erklärte Silvania Helene.

„Ich geh dann mal", sagte Helene. „Zum Abendessen", fügte sie zur Sicherheit hinzu.

Die Zwillinge nickten ihrer Freundin zu, als sie das Zimmer verließ. Auch Daka wollte schnell zum Abendessen. Sie hatte Riesenhunger. Silvania wollte das Abendessen vor allem schnell hinter sich bringen. Sie wollte schnell zurück in ihr Zimmer. Und ins *VampirVZ*. Aus einem ganz bestimmten Grund.

Der virtuelle Zwilling

Was tippst du denn da jetzt noch?“, fragte Daka. Sie hatte sich nach dem Abendessen und nach dem kurzen Verdauungsausflug, den Mihai Tepes mit seinen Töchtern unternommen hatte, an die Metallleine im Zimmer gehängt. Sie hielt einen Arm angewinkelt. Auf dem Arm lümmelte Karlheinz. Auch er schien zu verdauen. Daka streichelte ihn sanft.

Silvania hatte sich sofort nach dem Abendessen und dem Verdauungsausflug an den Laptop gesetzt. Sie hatte ihre Eckzähne in die beiden Buchsen an der Seite gesteckt und sich beim *VampirVZ* angemeldet. Gemeinsam mit Daka hatte sie ihre Seite ausgefüllt, die genau genommen die gemeinsame Seite der Schwestern war, da Daka ihren Zugang ja Helene zur Verfügung gestellt hatte. Die Schwestern teilten sich somit nicht nur ein reales Zimmer, sondern auch einen virtuellen Sarg.

Bei der Lieblingsblutgruppe waren sie sich nicht ganz einig gewesen. Daka schwor auf Blutgruppe AB, während Silvania eine Blutschorle mit Blutgruppe A bevorzugte – wenn sie überhaupt etwas so Blutprozentiges trank. Dann hatten sie ihre Hobbys, Lieblingsfächer, Lieblingsflugstile, liebstes Haustier, liebster Abhängplatz und liebste Vampirweisheit eingetragen. Beide Mädchen hatten einen

Vladder – einen verdammt schlauen Spruch von ihrem verdammt schlauen Onkel Vlad – eingetragen.

Daka tippte: „Flieg öfters aus der Reihe, denn da ist die Luft besser."

Silvania tippte: „Auch mit beiden Füßen auf dem Boden kann man in den Himmel wachsen."

Insgesamt sah die Seite von Silvania und Daka jetzt sehr bunt aus. Wer nicht wusste, dass zwei Mädchen dahintersteckten, hätte vielleicht eine leichte Persönlichkeitsstörung vermutet.

„Ich muss nur noch schnell etwas in Bogdans Sarg ritzen", antwortete Silvania und ihre Finger schwebten über der Tastatur. Silvania hatte Bogdan im Schlammkasten kennengelernt. Vor ungefähr zehn Jahren, im Vampirgarten in ihrer transsilvanischen Heimatstadt Bistrien. Seitdem waren sie gute Freunde. Sie flogen zusammen durch dick und dünn. Bogdan wäre mit Silvania sogar bis ans Ende der Welt geflogen.

„Das hast du schon drei Mal gesagt. Was habt ihr euch denn so Wichtiges zu erzählen?" Daka dachte einen Moment nach. „Hat Bogdan etwa beim Schrumpfkopfkegeln gewonnen?"

Silvanias Finger zuckten kurz über der Tastatur. „Nein! Wir führen einen Diskurs."

„Disco- *was*?" Daka sah Karlheinz fragend an. „Verstehst du sie?", flüsterte sie.

Silvania sah über ihre Schulter zu ihrer Schwester. „Wir stehen sozusagen im Briefwechsel. Natürlich ist es kein normaler Briefwechsel."

„Weil Bogdan nur mit Smiley-Fledermäusen antwortet?"

„Nein!" Silvania atmete einmal tief durch. „Weil Bogdan nur mit Zitaten aus Büchern antwortet."

Daka verzog das Gesicht. Karlheinz rollte sich auf ihrem Arm zusammen.

„Hier, das hat er eben in unseren Sarg geritzt: Schöne, helle goldne Sterne, grüßt die Liebste in der Ferne, sagt, dass ich noch immer sei, herzekrank und bleich und treu."

„Und das steht jetzt in *unserem* Sarg?" Daka schüttelte den Kopf.

„Wahnsinn, nicht wahr? Verstehst du jetzt, warum ich unbedingt sofort antworten muss?"

„Ja, vielleicht kann man Bogdan noch helfen. Gut möglich, dass er nur ein paar Sonnenstrahlen zu viel abbekommen hat."

Silvania verdrehte die Augen. „Dir ist auf jeden Fall nicht mehr zu helfen. So etwas nennt man r-o-m-a-n-t-i-s-c-h."

Daka zuckte mit den Schultern. Sie fand es romantischer, wenn sie mit ihrem Papa kopfüber an einer Tanne hing und an einem Mitternachtssnack zutschelte. Oder wenn Bato, der Knochpetenspieler ihrer Lieblingsband, lauter Glühwürmchen aus der Knochpete stieß und Murdo dazu ein finsteres Lied röchelte.

Aber wenn es um solche zuckerwatteweichen Dinge wie R-o-m-a-n-t-i-k oder ganz und gar (und noch viel schlimmer) um L-i-e-b-e ging, verstand Daka ihre Schwester sowieso nicht. Erst war Silvania in ihren Nachhilfelehrer Jacob verliebt gewesen (so hatte Daka das zumindest verstanden) und jetzt bekam sie immer rote Kringel um die Augen, wenn sie Bogdan etwas in seinen Sarg ritzte. Womöglich bekam sie von dem ganzen Discokurs mit ihm auch noch ganz feuchte Hände und würde die Tastatur damit lahmlegen. War Silvania jetzt in Jacob verliebt? Oder in Bogdan? Oder in beide? Oder in gar keinen?

Daka wollte ihre Schwester gerade danach fragen, als der Laptop dreimal hintereinander ein seltsames Geräusch machte. Es klang, als würde ein erkältetes Raubtier versuchen zu fauchen.

„Fumpfs!“, rief Daka und flopste sich blitzschnell neben ihre Schwester. „Ludos Portokulator! Du hast ihn zerstört! Mit deinen feuchten Händen!“

Silvania sah beunruhigt auf den Bildschirm. Dann hellte sich ihr Gesicht auf. „Gumox. Geht doch alles noch.“

„Da wackelt eine Fledermaus ständig mit den Flügeln.“ Daka zeigte auf den Bildschirm.

„Virtueller Zwilling gefunden. Übereinstimmung: 96 Prozent“, las Silvania vor.

„Noch eine Schwester?“ Daka zog die Augenbrauen zusammen.

„Vielleicht zur Abwechslung ja auch ein Bruder“, meinte Silvania und klickte auf die aufgescheuchte Fledermaus.

Auf der Seite erschien ein schwarzes rundes Gebilde mit einer kleinen, abgerundeten Spitze.

„Ist das ein Zelt?“, fragte Silvania.

„Sieht aus wie eine Jurte“, fand Daka. „Weißt du, diese zeltähnlichen Wohnungen, in denen manche Leute in Asien wohnen. Ich glaube, es war in der Mongolei. Oma Zezci hat uns mal eine Postkarte davon geschickt.“

Silvania nickte. Sie erinnerte sich an die Postkarte. Jetzt öffnete sich die Tür der virtuellen Jurte langsam. Auf dem Jurtenboden lag ein dicker dunkelgrauer Teppich. Darauf war eine Art Steckbrief gestickt:

Name:	Kerul Tschagatai Jugur Selenga
Alter:	13
Abhängort:	Ulan-Vampor, Mongolei
Vampirität:	Vampgole
Status:	Drakung-Fu-Schüler
Geschlecht:	männlich

Daka und Silvania starrten wie gebannt auf den Bildschirm. Mehrmals lasen sie den Steckbrief ihres virtuellen Zwillings durch.

„Wir haben einen Bruder!“, sagte Daka schließlich.

„Und er ist ein Vampgole. Wie aufregend, wie exotisch!“

Daka und Silvania wollten sich am liebsten auf der Stelle in der Jurte umsehen. Doch das ging erst, wenn Kerul sie auch als virtuelle Zwillinge adoptiert hatte.

„Da“, sagte Daka und fuhr mit der Maus auf eine Sprayflasche, die vor der Jurtenwand am Boden stand. „Wir schreiben Kerul etwas an seine Zeltwand.“ Daka drückte auf die Maus und schrieb: *Hallo Kerul! Wir waren hier. Du leider nicht. Komm doch mal zu uns in den Sarg, Bruder! Deine virtuellen Zwillinge Silvania und Daka.*

Discokurs

Silvania saß hinter dem Haus auf der Terrasse im Schatten. Sie trug eine große Sonnenbrille mit gold-glitzerndem Rand und einen alaskablauen Hut. Die ebenfalls blauen feinen Handschuhe reichten ihr bis über die Ellbogen. Sie saß kerzengerade im Stuhl, als hätte sie einen Sargdeckel im Rücken. Mit spitzen Fingern tippte sie auf dem Laptop, der vor ihr auf dem Tisch stand.

„Wieder eine Nachricht von Bogdan?“, fragte Helene. Sie lag neben Silvania in einem Liegestuhl auf der Terrasse und malte gerade mit einem Kugelschreiber einen Vampir mit zerzausten Haaren, tiefen Augenhöhlen und dichten Wimpern auf ihren Arm.

„Bogdan schreibt keine Nachrichten“, meldete sich Daka zu Wort. Sie baumelte ein paar Meter entfernt in einem Birnbaum. „Er schickt r-o-m-a-n-t-i-s-c-h-e Zitate.“ Daka hielt sich einen vampwanischen Comic vor die Nase. Er hieß *Flatsch ug Mitsch* und handelte von den Abenteuern einer Fledermaus und eines geflügelten Katers. *Flatsch ug Mitch* waren in Transsilvanien sehr beliebt. Die beiden sollte Bogdan mal zitieren, fand Daka.

Silvania tätschelte einen Ordner, der auf dem Tisch neben dem Laptop lag. „Ich habe sie alle ausgedruckt.“

„Hast du auch schon was von Murdo ausgedruckt?“ Daka schielte über den Rand des Comics zu Helene. Die Vampirschwestern wussten, dass Helene erfolgreich mit Murdo Kontakt aufgenommen hatte. Aber das war auch schon alles, was sie wussten.

Helene schüttelte den Kopf.

„Antwortet er dir etwa nicht mehr?“ Silvania sah Helene mitfühlend an.

„Doch. Aber immer nur so … mysteriös.“ Helene holte tief Luft. „Wenn ich ihm zum Beispiel schreibe, dass ich oft an unser Date im Wald in Transsilvanien denke, dann schreibt er zurück, dass ihm bei dem Gedanken daran jetzt noch das Wasser im Munde zusammenläuft.“

Daka und Silvania machten beide „hm“ und ein nachdenkliches Gesicht.

„Wenn ich ihm schreibe, dass ich ihn total cool und schön schaurig finde, schreibt er mir daraufhin, dass er mich zum Anbeißen lecker findet.“

Daka und Silvania machten beide „aha“ und wiegten den Kopf.

„Und heute Morgen habe ich ihm geschrieben, dass ich von seinen orangefarbenen Augen geträumt habe. Da hat er geantwortet, dass er von meinem zarten Hals und der herrlichen Halsschlagader darunter geträumt hat.“

Daka und Silvania warfen sich einen kurzen, besorgten Blick zu.

„Also, wenn es Liebeserklärungen sind“, sagte Silvania zögernd, „dann sehr ungewöhnliche.“

„Vielleicht sind es aber auch nur Appetitserklärungen", warf Daka ein.

Helene nickte und starrte auf den gemalten Vampir auf ihrem Arm. Ihre sonst strahlend hellblauen Augen waren stumpf und fast grau. „Meint ihr, ich soll den Kontakt lieber abbrechen?" Als Helene ihre Freundinnen fragend ansah, schimmerten Tränen in ihren Augen.

Silvania stand auf und strich Helene über den Arm. Daka flog vom Birnbaum und setzte sich neben Helene auf die Liegestuhllehne.

„Nein", sagte Silvania, „du musst nur vorsichtig sein, solange du dir nicht sicher bist, was er von dir will."

„Na ja, was er so bis jetzt geschrieben hat ..." Helene schnaubte. „Da ist die Sache ja wohl klar. Frischblut bin ich, mehr nicht."

„Gumox", sagte Daka. „Murdo ist ein cooler Typ. Er muss sein geheimnisvolles, verwegenes Image bewahren. Er kann doch nicht einfach einem Menschenmädchen irgendetwas vorsäuseln. Wie sieht denn das aus? Seine Fans wären so was von enttäuscht."

Silvania nickte. „Und er ist ein Künstler. Du darfst nicht alles wörtlich nehmen, was er dir schreibt. Wenn er sagt, er findet dich zum Anbeißen, dann will er dich bestimmt nicht beißen, sondern nur ..."

„... ein bisschen an dir knabbern", ergänzte Daka.

Helene zog die Augenbrauen zusammen.

Auf einmal gab der Laptop ein Geräusch von sich,

als hätte ein Pfeil auf einer Zielscheibe mitten ins Schwarze getroffen.

„Kerul!", riefen Daka und Silvania wie aus einem Mund.

Helene sah neugierig zum Laptop. Sie wusste schon, dass die Vampirschwestern die ganzen letzten Tage über fast ständig in Kontakt mit ihrem geheimnisvollen, virtuellen mongolischen Zwilling gestanden hatten.

„Komm, du musst dir unbedingt mal seine Jurte ansehen." Daka zog Helene aus dem Liegestuhl.

„In Wirklichkeit wohnt er auch in einer Jurte, aber in einer unterirdischen, die in den Boden eingelassen ist. Und diese Jurte ist riesengroß", erklärte Silvania.

„Denn sein ganzes Heimatdorf lebt in diesem gigantischen Zelt", sagte Daka.

„Und wenn die Vampgolen tagsüber schlafen, legen sie sich nicht in einen Sarg, wie jeder normale Vampir, sondern rollen sich in einen alten Teppich ein", fuhr Silvania fort.

„Wie lauter Vampir-Hot-Dogs muss das aussehen", steuerte Daka bei.

Silvania, Helene und Daka setzten sich vor den Laptop. Keruls Jurte erschien und sie traten mit einem Mausklick ein. Oben am Jurtendach waren mehrere Leinen gespannt. „Die sind zum virtuellen Abhängen", erklärte Daka.

„Wieso steht da in der Ecke ein Hirsch?", fragte Helene. „Ist das etwa ... Keruls Lieblingsessen?"

„Das ist ein Maralhirsch. Kerul hat uns erklärt,

dass es sehr stolze und wunderschöne Tiere sind", erwiderte Silvania. „Er schwingt sich gerne auf ihren Rücken und reitet sie in der Hocke."

„Maralsurfing", fügte Daka hinzu. „Kerul hat total abgefahrene Hobbys."

„Ja, er sammelt Pflanzen, trocknet sie und presst sie in einem Buch", erzählte Silvania.

Daka runzelte die Stirn. „Ich meinte eigentlich das Drakung-Fu. Kerul ist ein junger Krieger, musst du wissen."

„Herrscht in der Mongolei Krieg?", fragte Helene.

„Nein, aber alle jungen Vampgolen werden, sobald sie die ersten paar Meter fliegen können, im Drakung-Fu unterrichtet. Das ist eine vampgolische Kampfkunst und ein Lebensprinzip."

Daka sprang in die Luft, streckte abwechselnd einen Arm und ein Bein aus und fuchtelte wild mit den Armen herum, als wollte sie die Luft zerhacken. „Ha! Hu! Zong! Dai! Wong!", schrie sie dabei.

„Ein Drakung-Fu-Krieger setzt alles beim Kampf ein: seine Arme, Beine, Eckzähne, aber vor allem seine Weisheit, seinen Instinkt und seinen Mut", erklärte Silvania.

„Und seine unbändige Kraft", rief Daka und schlug mit der Handkante auf Silvanias Ordner. Sie grinste den Schmerz einfach weg. Wie ein echter Drakung-Fu-Krieger.

Silvania warf ihrer Schwester einen warnenden Blick zu und zog den Ordner auf ihren Schoß. Dann spuckte sie dreimal auf Dakas Handkante.

Das war ein bewährter vampwanischer Brauch gegen Schmerzen.

„Und wie hat euch Kerul das alles erzählt? Ich meine, schreibt ihr euch auf Vampwanisch oder habt ihr einen Schnellkurs Mongolisch gemacht?", fragte Helene.

„Kerul kann Deutsch", sagte Daka.

Silvania nickte. „Drakung-Fu ist nicht nur ein Kampfsport, sondern da steckt eine Philosophie dahinter. Und die besagt unter anderem, dass ein Schüler des Drakung-Fu fünf Sprachen erlernen soll. Denn hinter jeder fremden Sprache verbergen sich eine fremde Welt und Kultur, die den mongolischen Horizont des Schülers enorm erweitern."

„Und deshalb kann Kerul nicht nur Mongolisch und Vampwanisch, sondern auch Deutsch, Isländisch, Bengali, Sorbisch und Sächsisch", ergänzte Daka.

„Eins verstehe ich nicht", sagte Helene nachdenklich. „Kerul ist ein Krieger. Er surft auf Hirschen. Er lebt in einer unterirdischen Jurte viele Tausend Kilometer entfernt in der Mongolei. Ihr habt überhaupt nichts mit ihm gemeinsam. Wieso ist er euer virtueller Zwilling?"

„Keine Ahnung. Das hat der Portokulator sich ausgedacht", erwiderte Daka.

„Vielleicht hat er sich verrechnet", überlegte Helene laut.

Silvania zuckte mit den Schultern. „Und wenn schon. Ich finde es total aufregend, einen virtuellen Zwilling in der Mongolei zu haben."

„Und Kerul findet uns total aufregend." Daka kratzte sich am Ohr. „Glaub ich."

„Außerdem braucht er uns", fuhr Silvania fort. „Er hat gesagt, wir sind seine einzigen Freunde. Er lebt mit seiner Mutter allein. Sie sind erst später in das Dorf gezogen und Kerul hat nie so richtig Anschluss gefunden. Im Vampgolengarten haben ihn die anderen wegen seiner großen Nase aufgezogen. Nasenaffe haben sie ihn gerufen."

„Und in der Schule wollte sich keiner neben ihn setzen, weil er auf seinem Pausenbrot keine Blutwurst hatte, sondern lieber Quark aus Kamelmilch." Daka nickte ernst.

„Wenn die anderen nachts vor der Jurte mit Yakhörnern Hockey gespielt haben, hat er lieber gelesen, genau wie ich", sagte Silvania.

„Oder er hat ganz alleine ganz lange und furchtbar gefährliche Ausflüge gemacht, genau wie ich ... es gerne mal machen würde", sagte Daka.

„Und sein Lieblingsspruch geht so: *Nur tote Vampire fliegen mit dem Strom.* Zensatoi futzi, oder nicht?" Silvania sah Helene fragend an.

„Den Spruch kenne ich", erwiderte Helene. „Heißt der nicht eigentlich ..."

„*Nur tote Vampire fliegen mit dem Flugzeug*, ja", gab Silvania zu. „Aber die Version ist besser."

„Irgendwie", sagte Daka und starrte gedankenverloren vor sich hin, „ist er mir wirklich schon ans Herz gewachsen wie ein Bruder. Obwohl ich ihn noch nie gesehen habe. Aber was er so schreibt, das ist manchmal genau, was ich denke."

„Schlotz zoppo! Beinahe hätte ich vergessen, dass er uns gerade etwas in den Sargdeckel geritzt hat." Silvania zog die Maus zu sich heran, verließ mit einem Klick Keruls Jurte und öffnete den virtuellen Sarg. Er ging mit einem Knarzen auf. Alle drei Mädchen beugten sich über den Bildschirm und lasen, was Kerul mit krakeliger Schrift in den Sargboden geritzt hatte:

Hoi boi, Schwestern!

Danke für eure Graffiti an meiner Jurtenwand. So gut zu wissen, dass ihr da draußen seid. Besonders jetzt. Nur noch wenige Stunden vor den großen Drakung-Fu-Prüfungen. Die Prüfungen dauern mehrere Nächte. Ich weiß nicht, wann ich wieder in eurem Sarg vorbeisehen kann. Ich weiß nicht, ob ich es jemals wieder kann. Drückt alle Eckzähne für mich!

Azdio, Schwestern,
Kerul.

Helene starrte auf Keruls Nachricht. „Was meint er damit, er weiß nicht, ob er jemals wieder in eurem Sarg vorbeisehen kann?"

Silvania stand der Mund offen. Sie war so weiß wie der Plastiktisch, auf dem der Laptop stand. „Es muss eine Prüfung auf Leben und Tod sein", hauchte sie.

Daka drückte bereits alle Eckzähne. So fest, dass es knirschte.

In einer Nacht wie dieser

Die Sonne war schon längst über der Wüste Gobi untergegangen. Das kleine Dorf Ulan-Vampor befand sich am Rand der Wüste. Die riesengroße Jurte, unter der es sich erstreckte, lag tief in der Erde versunken und war gut getarnt. Wer nichts von dem Dorf wusste, konnte es leicht übersehen. Was die meisten Menschen taten (und was auch besser für ihre Gesundheit war).

Die Bewohner von Ulan-Vampor waren nachtaktiv. Wer sehr genau hinhörte, konnte tagsüber ein leises, mehrstimmiges Schnarchen aus der Jurte vernehmen. Hin und wieder auch ein zufriedenes Bäuerchen. Am Tag waren sie friedlich und zahm. Nachts aber kamen sie hervor. Krochen, kletterten, flogen und flopsten sich aus der Jurte. Sie fauchten, sie dürsteten, sie bissen zu. Die Vampgolen.

Die Vampgolen waren alt eingeflogene, sehr traditionsbewusste Vampire. Sie ernährten sich vom Blut all jener Lebewesen, die in der Mongolei beheimatet waren: Bären, Steinböcke, Maralhirsche, Yaks, Pfeifhasen und hier und da auch mal ein menschlicher Nomade, der sich unvorsichtigerweise in die einsame, karge Gegend wagte.

Im schützenden Mantel der Dunkelheit kamen sie auch in dieser Nacht in Scharen aus der Dorfjurte. Doch statt sich – wie in jeder anderen Nacht – um die Blutzufuhr zu kümmern, statt zu spielen, zu flopsen, zur Schule zu fliegen oder irgendeinem anderen Nachtwerk nachzugehen, versammelten sich alle Bewohner von Ulan-Vampor am Rand einer kleinen Senke. Die Senke war von vereinzelten Bäumen umgeben und in der Mitte lag ein großer, freier Platz.

Die älteren Vampgolen hingen sich an einen Ast in einem der Bäume oder lehnten sich an einen Baumstamm. Die Jüngeren flogen aufgeregt am Rand der Senke entlang, bis sie einen Punkt gefunden hatten, von dem sie meinten, die beste Aussicht zu haben. Dort blieben sie in der Luft stehen und wackelten alle paar Sekunden mit den Armen. Bald wimmelte es am Rand der Senke nur so von Vampgolen. Es sah aus wie ein Saturnring.

Auf einmal ging ein Raunen durch die Menge der Dorfbewohner. Eine Wolke, die wie ein gigantischer Drache aussah, hatte den Mond verdeckt. Jetzt schob sie sich sanft über den Himmel und ließ das Mondlicht auf eine hochgewachsene Gestalt fallen, die mitten über der Senke schwebte. Das hellgraue Gewand schimmerte im Einklang mit dem grauen Bart, den der alte Vampgole mit zwei Essstäbchen kunstvoll hochgesteckt hatte. Er trug einen bronzefarbenen Helm, der wie eine kleine Jurte aussah, und in dessen Mitte auf Stirnhöhe ein purpurroter Stein funkelte.

„Vampgolen! Bewohner von Ulan-Vampor! Krieger, Drakung-Fu-Meister und all jene, die es werden wollen“, rief der Alte mit tiefer, rauer Stimme. Die

Nadeln an den Kiefern und Lärchen erzitterten allein durch seine Worte. So mancher Vampgole auch. „Heute ist die Nacht der Krieger. Der jungen Krieger. Der Krieger, die in die Reihen der großen Drakung-Fu-Meister aufgenommen werden wollen. Jedes Jahr kann nur einem Krieger der Schritt gelingen. Nur ein Krieger ist dazu bestimmt, ein Drakung-Fu-Meister zu werden. Er muss es durch seinen Mut, seine Schnelligkeit, seine Kraft, seine Weisheit und seine Barmherzigkeit beweisen."

Durch die Menge ging jetzt ein zustimmendes Raunen.

Der Alte hob den langen, dünnen Knochen, den er in der rechten Hand hielt, und die Zuschauer verstummten. „Ich, der Großmeister Dschingbiss Zhan, erinnere mich noch allzu gut an meine eigene Prüfung. Vor nicht weniger als 63 788 Jahren stand ich just in dieser Senke. Ein junger Krieger voller Tatendrang, Wissensdurst, Überheblichkeit und damals noch voller kräftiger schwarzer Haare." Bei diesen Worten lüftete Dschingbiss Zhan kurz seinen bronzefarbenen Jurtehelm und entblößte eine Glatze, die im Mondlicht glänzte wie das Dotter eines Spiegeleis. „Ich erinnere mich noch genau, wie schwer die Prüfung war, welch übervampirische Anstrengungen sie mich gekostet hatte. Die Schmerzen, die Erschöpfung, der Durst. Doch ich wollte ein Drakung-Fu-Meister werden. Ich war fest entschlossen, die Prüfung zu bestehen. Genau wie heute diese jungen Krieger dazu fest entschlossen sind." Dschingbiss Zhan zeigte mit dem Knochenstab auf ein Dutzend junger Vampgolen, die sich in der Senke eingefunden hatten.

Einer der jungen Krieger stieß die Faust in die Luft. Eine junge Kriegerin zeigte ihre spitzen Eckzähne und fauchte. Ein anderer Krieger knurrte wie ein Wolf.

„Genau wie damals wird auch heute nur einer dieser Krieger die Prüfung bestehen und aus den Kämpfen als Sieger hervorgehen“, fuhr der Großmeister fort. „Gerade in einer Zeit, in der gut durchblutete Beute immer schwerer zu finden ist und unsere Blutquellen zu versiegen drohen, brauchen wir einen starken, weitsichtigen neuen Meister, der uns den Weg in die Zukunft weist.“

Die Zuschauer klapperten zustimmend mit den Eckzähnen.

Der Alte gab einer jungen Vampgolin ein Zeichen, woraufhin sie vom Rand der Senke herabflog und sich neben ihn in die Luft stellte. „Nara-Venja, die Siegerin und Jungmeisterin vom letzten Jahr, wird jetzt die alten, traditionellen Regeln erklären.“

Nara-Venja flog vor die jungen Krieger und breitete die Arme aus. Sie trug einen engen dunkelgrünen Anzug mit einem großen, abstehenden Kragen. Sie hatte die Haare raspelkurz geschnitten und hellblond gefärbt. Ihre mandelförmigen hellroten Augen leuchteten in der Nacht. Sie war nur ein Jahr älter als die Prüflinge, unter denen sich auch ihr Bruder Bajar befand. Er war seit seiner Geburt mit der Kampftechnik des Drakung-Fu vertraut. Genau wie Nara-Venja. Sie selbst hatte mit ihm trainiert und wusste, welch gefährlicher Gegner er war. Er hatte den Willen zum Sieg. Und was Bajar wollte, bekam er. Doch auch die anderen Krieger wollten Meister werden. Auch ihr Wille war stark. Würde es Bajar gelingen, die restlichen Prüflinge zu übertreffen?

Nara-Venja ließ den Blick über die jungen Krieger schweifen. Die meisten kannte sie von Kindesbeinen an. Tamer, der alle anderen um einen Kopf überragte und Arme und Beine wie Tentakel hatte. Zarina, die schnell und gerissen wie ein Schneeleopard war. Manas, der so schnell fliegen konnte wie ein Steinadler. Nojan, der schon mit sechs Jahren einen ausgewachsenen Yak zur Strecke gebracht hatte. Inara, die nicht nur mit ihren Eckzähnen, sondern auch mit ihren rasierklingenscharfen Finger- und Zehennägeln tiefe Wunden reißen konnte. Und Kerul, der schmächtig und unscheinbar wirkte, den keiner richtig kannte, und der genau deshalb gefährlich war.

Nara-Venja streckte ihr Kinn vor und sagte laut: „Die Kämpfe dauern fünf Nächte. Gekämpft wird Vampgole gegen Vampgole. Mit bloßen Händen, Füßen und Eckzähnen. Andere Waffen oder fremde Hilfe sind verboten. Der Gegner wird nach den Regeln des Drakung-Fu zur Einsicht und Anerkennung der Macht des anderen und zum Geständnis seiner eigenen Unterlegenheit gebracht. Die Kämpfe finden nach dem K.-o.-System statt. Der jeweils Unterlegene scheidet in Würde aus. In der fünften Nacht treten die beiden Finalisten gegeneinander an. Wenn die Sonne über den östlichen Horizont dringt und den Mond vertreibt, steht der Sieger und neue Drakung-Fu-Meister fest."

Nara-Venja sah die jungen Krieger der Reihe nach an. Ihre Augen funkelten. „Alles verstanden?"

Bajar nickte. Zarina stemmte die Hände in die Hüften und wackelte mit den Fingern, als könne sie den Beginn der Kämpfe kaum abwarten. Nojan schnaufte wie ein Stier. Inara betrachtete prüfend ihre langen, spitzen Fingernägel. Kerul sah Nara-Venja ausdruckslos an, ohne zu blinzeln.

Dschingbiss Zhan flog neben die junge Drakung-Fu-Meisterin. Er musterte die Krieger, einen nach dem anderen. Dann nickte er, breitete langsam die Arme aus und rief: „Die Drakung-Fu-Prüfungen beginnen. Möge die Modrigkeit mit euch sein!"

Ruhe vor dem letzten Kampf

Kerul hing kopfüber in der kleinen Lärche am rechten Rand der Senke. Sein Brustkorb hob und senkte sich wie ein Blasebalg, so heftig atmete er. Schweiß rannte ihm übers Gesicht, von der Stirn in die dunkelbraunen Haare und tropfte von den Haarspitzen auf den Boden.

Es war die fünfte und letzte Nacht der Drakung-Fu-Prüfungen.

Seine Mutter kniete vor ihm und tupfte ihm das Gesicht mit einem großen Baumwolltuch ab. „Hier, nimm, das wird dich stärken", sagte sie und hielt ihm einen Fladen mit Kamelmilchquark hin.

Kerul biss vorsichtig ab. Es sah aus, als würde es ihn unheimliche Anstrengung kosten. Dann legte er eine Hand über den Bauch. Seit ihn der gewaltige Tritt von Tamer dort getroffen hatte, hatte sich sein Magen zu einer knoblauchknollengroßen, harten Kugel zusammengezogen.

Tamer war Keruls erster Gegner gewesen. Die beiden hatten die halbe Nacht gekämpft. Mehrmals hatte Tamer seine langen Arme und Beine um Kerul geschlungen. Immer konnte Kerul sich aus der schmerzhaften Klemme befreien. Der Kampf erschöpfte Kerul, doch nicht so sehr wie den großen Tamer. Es gelang Kerul, sich Tamers lange Arme und Beine zu schnappen und sie hinter seinem Rücken festzuhalten. Tamer zappelte und wehrte sich aus Leibeskräften. Kerul wusste sich nicht anders zu helfen und begann, sich wie ein Hammerwerfer mit Tamer zu drehen. Runde um Runde um Runde.

Tamer befreite sich mit einem Ruck. Doch durch die vielen Drehungen hatte er die Orientierung vollkommen verloren. Er flog direkt vor einen der Bäume, die am Rand der Senke standen. Ein alter Vampgole, der in dem Baum abhing, fiel dabei herunter und direkt auf Tamer. Das gab ihm den Rest. Kurz bevor er ihn Ohnmacht fiel, erkannte er Keruls Macht an und gab seine Unterlegenheit zu.

Keruls erster Gegner war somit von einem Baum und einem Vampgolenopa ausgeschaltet worden.

Keruls Mutter strich behutsam über einen Riss, der sich über den gesamten Oberschenkel ihres Sohnes zog. Es war ein Kratzer, der Keruls schwarze Hose aufgeschlitzt hatte. Er hätte von einem Leoparden stammen können. Doch es war Inara gewesen, die Kerul mit ihren langen Zehennägeln gestreift hatte.

Sie war Keruls zweite Gegnerin gewesen. Dieser Kampf hatte noch länger gedauert als der gegen Tamer und war noch kräftezehrender gewesen. Inara hatte Kerul mit ihren Eckzähnen, Fingernägeln und Fußtritten zum Rückzug zwischen zwei Felsblöcke gezwungen. Kerul saß in der Falle. Instinktiv machte er sich ganz klein. Dadurch rutschte er in der Lücke nach unten. Inara wollte ihm nach. Doch sie griff so hektisch nach ihm, dass sie mit den Fingernägeln an einem der Felsblöcke hängen blieb. Die Fingernägel brachen ab. Inara brach zusammen. Entsetzt starrte sie auf ihre Finger. All die Jahre, in denen sie die Nägel hatte wachsen lassen! Es war, als wäre ein Teil von ihr gestorben. Sie konnte sich nicht mehr konzentrieren und nur noch an ihre kaputten Fingernägel denken. So konnte sie unmöglich weiterkämpfen! Sie gestand Kerul den Sieg ein. Der konnte sein Glück kaum fassen.

Doch seine nächsten Gegner warteten bereits. Beim Kampf gegen Zarina hatte Kerul sich einen Muskel gezerrt, beim Kampf gegen Nojan hatte er sich den Fuß gequetscht. Aber er hatte sie alle besiegt. Bis auf einen.

Kerul öffnete die vor Müdigkeit geschwollenen Augen. Er sah auf die andere Seite der Senke. Dort stand er. Sein letzter Gegner. Bajar. Er hing nicht mehr im Baum ab wie Kerul, um Kräfte zu sammeln. Er war bei seinen Kämpfen kaum ins Schwitzen geraten und sah aus, als käme er von einem entspannten Blutkränzchen. Im Gegensatz zu Kerul hatte Bajar immer nur wenige Minuten für einen Kampf gebraucht. Und im Gegensatz zu Kerul hatte er seine Kämpfe nicht durch glückliche Zufälle, sondern durch eigene Kraft und perfekte Beherrschung der Drakung-Fu-Kampfkunst gewonnen.

Es gab keine Frage: Bajar war einer der besten jungen Krieger in ganz Ulan-Vampor. Wahrscheinlich sogar der ganzen Mongolei. Kerul wurden die Beine weich und er wäre beinahe vom Ast gerutscht, als er an den bevorstehenden Kampf mit Bajar dachte.

Bajar dagegen schien sich geradezu auf den Kampf zu freuen. Er hüpfte ungeduldig auf und ab, stieß die Fäuste zusammen und machte eine Rolle in der Luft. Neben ihm stand Nara-Venja mit einem Krug Blut. Sie redete auf ihren Bruder ein und er nickte ein paarmal. Dann griff er nach dem Krug und trank ihn in einem Zug aus. Er schlug sich mit der Faust auf die Brust und fauchte in Keruls Richtung.

„Lass dich nicht einschüchtern“, sagte Keruls Mutter leise, die seinen Blick zum Gegner bemerkt hatte. „Du bist zwar nur halb so groß und halb so breit wie Bajar, aber du hast genauso viele Gegner geschlagen wie er.“

„Ja, aber nur durch Glück“, erwiderte Kerul. „Tamer ist vor einen Baum geflogen, Inara hat sich die Fingernägel abgebrochen, Nojan hat seinen Fuß in eine Felsspalte eingeklemmt und Zarina ist eingeschlafen, weil ich so lange vor ihr weggeflogen bin.“

„Es ist vollkommen egal, wie du es schaffst. Wenn du erst einmal Drakung-Fu-Meister bist, und das wirst du, mein Sohn, fragt keiner mehr danach. Außerdem hast du nicht nur Glück, sondern auch Geschick.“

Durch das Publikum am Rand der Senke ging ein aufgeregtes Flattern und Zischen, als der Großmeister Dschingbiss Zhan in die Mitte der Senke schwebte. „Vampgolen, Bewohner von Ulan-Vampor! Die fünfte Nacht bricht an. Der letzte, alles entscheidende Kampf steht kurz bevor“, verkündete der Alte mit einer Stimme wie ein Donnergrollen.

„Bajar Gangbatar wird mit Kerul Tschagatai Jugur Selenga um die diesjährige Meisterschaft im Drakung-Fu kämpfen. Wenn sich die Nacht zum Ende neigt, wird der neue, junge Meister feststehen. Dann wollen wir fünf Nächte feiern, wie es die Tradition vorsieht." Der Großmeister rieb sich die Hände. „Doch erst gilt es, einen Kampf zu gewinnen." Dschingbiss Zhan sah zu Bajar und nickte ihm zu. Dann wanderte sein Blick zu Kerul. Er sah ihn mehrere Sekunden an, dann schwenkten seine Augen zurück in die Zuschauermenge. „Nur der wahre Meister wird siegen. Möge die Modrigkeit mit euch sein!"

Verkeilte Eckzähne

Kaum hatte Dschingbiss Zhan den Kampfschauplatz verlassen, flog Bajar vom Rand der Senke nach unten.

Kerul schwang sich vom Ast. Er nickte seiner Mutter zu und wollte ebenfalls nach unten fliegen. Doch im letzten Moment ergriff seine Mutter seine Hand. Sie sah ihn eindringlich an und sagte leise: „Du bist der Meister."

Kerul lächelte und drückte die Hand seiner Mutter. Dann wandte er sich um und flog in die Senke. Er schwebte über der rechten Seite der Senke, die Augen fest auf seinen Gegner gerichtet.

Bajar schwebte über der linken Seite der Senke. Seine dunkelblauen Augen bohrten sich in den jungen Krieger ihm gegenüber. In ihnen blitzte Kampfeslust, Ungeduld und unbändige Kraft. Bajar zog die Mundwinkel weit auseinander und vier gewaltige Eckzähne kamen zum Vorschein. Sie glänzten wie silbrigweiße Dolche in der Nacht. Bajar fauchte.

Kerul stellten sich die Nackenhaare auf, ihn fröstelte. Seine Eckzähne waren noch nicht einmal halb so lang wie die von Bajar. Er war fast zwei Köpfe kleiner als sein Gegner. Seine Oberschenkel waren so breit wie Bajars Oberarme. In Bajars Schuhe passten Keruls Füße zweimal hinein.

Doch wäre es nur das gewesen, hätte Kerul keine Angst vor Bajar gehabt. Schließlich hatte er schon ausgewachsene Maralhirsche, Schneeleoparden und einen Gobibären gebändigt. Er wusste, dass Kraft und Größe allein nicht alles waren. Und Vampire, die besonders laut fauchten, bissen bekanntlich besonders selten.

Aber Bajar war auch einer der besten Drakung-Fu-Schüler. Er beherrschte die Drakung-Fu-Techniken wie kaum ein anderer in seinem Alter. Er war ein guter Flieger und ein hervorragender Flopser. Und er war im Dorf beliebt. Während Kerul meistens am Rand stand, war Bajar immer mittendrin im Geschehen. Er galt als hilfsbereit, großzügig und zuverlässig. Drakung-Fu-Tugenden, die von allen geschätzt wurden. Bis auf Keruls Mutter würden die Zuschauer alle auf seiner Seite sein. Kerul hatte beim Yakhörner-Hockey oft genug gesehen, wie viel die Unterstützung durch Anhänger am Spielfeldrand ausmachte. Auch in dem Punkt war ihm Bajar überlegen.

Kerul, der schmächtige, unbeliebte Einzelgänger, hatte nicht die geringste Chance.

All das wusste Kerul.

Aber er wusste auch, dass er gewinnen und Bajar schlagen musste, wollte er Drakung-Fu-Meister werden. Und er wusste, dass er Drakung-Fu-Meister werden musste, wenn er im Dorf bleiben wollte. Denn er, der sowieso schon ein Außenseiter war, würde als namenloser, kleiner Krieger immer weiter an den Rand gedrängt werden. Er und seine Mutter würden jegliches Ansehen, was ihnen noch geblieben war, vollends verlieren. So wollte Kerul nicht leben. Das wollte er seiner Mutter nicht antun. Das Dorf einfach zu verlassen, war keine Lösung. Es war in all den Jahren ihre Heimat geworden. Kerul wollte nicht weg, er wollte bleiben. Aber nur als Drakung-Fu-Meister. Als ein geachteter Vampgole. Nicht als einsamer Außenflieger.

Langsam hob Kerul einen Arm und richtete die Handkante auf seinen Gegner. Er stellte ein Bein voran und fauchte zurück.

Auch Bajar ging in Kampfstellung. Kerul sah auf die Entfernung, dass er alle Muskeln angespannt hatte.

Die Vampgolen am Rand der Senke waren totenstill, als hätte jemand einen Holzpflock durch ihr Herz gejagt. Gebannt starrten sie auf die beiden jungen Krieger und wagten kaum zu atmen.

Dann war es so weit. Der Kampf begann.

Bajar stieß einen markerschütternden Schrei aus, schraubte sich in die Luft und flog mit ausgestrecktem Bein auf Kerul zu.

Kurz bevor Bajar ihn umstoßen konnte, flopste sich Kerul in die Mitte der Senke. Vor Angst hatte er beim Flopsen zu viel Schwung genommen und war zu heftig aufgekommen. Als er mit beiden Beinen auf dem trockenen Boden landete, wirbelte er eine gewaltige Wolke aus Sand auf. Kerul hustete und sah einen Moment lang gar nichts.

So kam es, dass er schon den Lufthauch spürte, bevor er Bajars Handkante von rechts auf seinen

Kopf zurasen sah. Kerul duckte sich und sprang im dreifachen Flickflack rückwärts aus der Sandwolke. Dann verharrte er, die Hände erhoben, die Handkanten zum Gegner gerichtet, die Muskeln angespannt, die Augen hellwach.

Wie ein Luchs, der die Gefahr witterte, ohne sie zu sehen, wagte Kerul es nicht, sich zu bewegen. Nur seine Augen suchten die Senke nach seinem Gegner ab. Bajar war nirgendwo zu sehen. Die Wolke aus Sand waberte wie ein kosmischer Nebel, löste sich schließlich vom Boden und erhob sich langsam in den Nachthimmel. Kerul machte sich zum Sprung bereit, doch –

Der Boden unterhalb der Wolke war leer. Zwei kräftige Fußabdrücke waren noch im Sand zu sehen, sonst nichts. Es war, als hätte sich Bajar in Luft aufgelöst.

Oder in Sand.

Keruls Blick wanderte nach oben. Die Sandwolke schwebte direkt auf ihn zu. Bevor er wusste, wie ihm geschah, schoss etwas Dunkles aus der Wolke auf ihn herab. Bajar stieß einen triumphierenden Kampfschrei aus, winkelte die Beine an und landete mit ganzer Wucht auf Keruls Füßen.

Kerul, dessen Füße schon bei den vorherigen Kämpfen gelitten hatten, biss vor Schmerz die Eckzähne zusammen. Dann schoss er in die Höhe, als hätte er einen Raketenantrieb.

Die Zuschauer keuchten.

Manche grunzten.

Einer rief: „Schnapp ihn dir, Bajar!“

Dazu brauchte Bajar keine Aufforderung. Er preschte Kerul hinterher.

Kerul flog im Zickzack hoch über der Senke. Am Nachthimmel sah er aus wie eine Sternschnuppe, die ständig die Richtung wechselte. Bajar schnuppte ihm nach. Er holte schnell auf und war kurz darauf höchstens noch eine Armlänge von Kerul entfernt. Doch immer wenn er nach Kerul griff, wechselte dieser die Richtung.

Die Zuschauer hatten die Köpfe in den Nacken gelegt und folgten dem Schauspiel mit offenen Mündern. „Ah!“, riefen sie, wenn Bajar den Fuß oder den Arm nach seinem Gegner ausstreckte, und „Oh!“, wenn er ihn knapp verfehlte.

Kerul flog und flog und flog. Hin und her und her und hin. Sein Kopf war so leer wie die Wüste Gobi. Er wollte nur weg. Er wollte weder eine Handkante noch einen Fuß noch einen Eckzahn von Bajar zu spüren bekommen. Er hatte keinen Plan. Er hatte Angst. Doch er wusste, dass ein echter Drakung-Fu-Meister seine Angst zu bändigen wusste. Er flog nicht einfach vor seinem Gegner davon. Ein echter Drakung-Fu-Meister hatte immer einen Plan. Und wenn es nur ein schlechter war.

Kerul konnte nicht die ganze Nacht vor Bajar davonfliegen. Er war von den vorherigen Kämpfen erschöpft. Es war nur eine Frage der Zeit, bis Kerul müde wurde und ihn Bajar erwischte. Würde er den letzten Kampf gegen Bajar verlieren, war das schlimm genug. Aber wenn, dann wollte er wenigstens vorher richtig gegen ihn kämpfen.

Von einer Sekunde auf die andere blieb Kerul in der Luft stehen. Er wirbelte mit ausgestreckten Handkanten herum und fauchte seinen Verfolger an.

Bajar, der damit nicht gerechnet hatte, flog direkt mit dem Kopf auf Keruls Handkanten.

Bajar knurrte, weil er sich den Kopf gestoßen hatte.

Kerul schrie, weil ihm die Handkanten wehtaten.

Die Zuschauer grölten. Endlich passierte etwas!

Kerul musterte seine Handkanten, vergaß dabei das Fliegen und stürzte nach unten in eine Baumkrone.

Bajar vergaß niemals irgendetwas. Er schoss nach unten auf die Baumkrone zu, fuchtelte mit Armen und Beinen und zerfetzte die Zweige und Blätter, die ihm im Weg waren, in der Luft. Es sah aus, als wäre ein Mähdrescher eingefallen. Bajar war wütend. Sehr wütend. Erst war ihm Kerul vor den Augen aller Dorfbewohner vor der Nase herumgeflogen, dann war es ihm sogar gelungen, ihn zu überraschen und einen Treffer mit den Handkanten zu landen. So weit, fand Bajar, hätte es nie kommen dürfen. Der Kampf ging für seinen Geschmack sowieso schon viel zu lange. Es war Zeit, die Kinkerlitzchen zu beenden und ernst zu machen. Zu kämpfen wie echte Vampgolen. *Wong. Dong. Rattatazong!*

Kerul hockte wie ein Eichhörnchen mitten im Baum und hörte, wie sein Gegner immer näher kam. Blätter und Zweige rieselten auf seinen Kopf. Bajar schnaufte und fauchte. Dann sah er die dunkelblauen Augen des Gegners durch das Laub schimmern. Kerul ging auf einem dicken Ast in Kampfstellung.

Kaum hatte Bajar seinen Gegner entdeckt, sprang er mit einem ausgestreckten Bein auf ihn zu. Das Bein streifte Kerul an der Hüfte, er taumelte einen Moment, dann fiel er vom Ast. Als er auf einem Ast weiter unten landete, stand Bajar bereits wieder vor ihm. Er hatte alle vier Eckzähne ausgefahren und stieß sie Kerul fauchend entgegen.

Die Zuschauer, die sich um den Baum herum versammelt hatten, jubelten. Ja, das war ein Drakung-Fu-Kampf, wie sie ihn liebten!

Kerul nahm Bajars Herausforderung an. Er entblößte seine Eckzähne. Er fauchte.

„Die sind ja kleiner als die Milchzähne von meinem Enkel!“, rief jemand.

Einige Zuschauer lachten.

Doch Kerul hörte sie nicht. Er konzentrierte sich vollkommen auf sein vor Wut keuchendes Gegenüber. Mit einem Ruck stieß Bajar den Kopf vor und seine Eckzähne prallten mit Keruls spitzen Zähnen aneinander. Sofort legte Kerul den Kopf schräg und stieß zurück. Es schien Bajar nicht das Geringste auszumachen. Er rückte weiter vor und stieß dabei unablässig mit den Eckzähnen nach Kerul.

Kerul konnte gar nicht so schnell gucken, wie Bajar den Kopf hin und her drehte. Linke Eckzähne, rechte Eckzähne, linke Eckzähne, rechte Eckzähne.

Die Zähne prallten aufeinander. *Knirsch. Wusch. Ratsch.*

Kerul hielt so gut er konnte dagegen an, doch er wurde auf dem Ast immer weiter von Bajar zurückgedrängt.

Bajar hatte nicht nur sehr lange, kräftige und spitze Eckzähne, er beherrschte die Eckzahnkampfkunst auch perfekt. Jeder Hieb saß, genau und präzise, als würde Bajar mit vier Säbeln gleichzeitig fechten.

ZISCH!, machte es und Kerul spürte einen eisigen Hauch über seinen linken Arm fahren. Bajars Eckzahn verfehlte Kerul nur um Millimeter. Kerul warf zur Sicherheit einen kurzen Blick auf seinen Arm. Doch das reichte aus, um Bajar den nächsten Vorteil zu verschaffen. Er drängte Kerul immer weiter auf das Astende zu. Der Ast wackelte bedrohlich unter dem Gewicht der beiden jungen Krieger.

Kerul bemerkte es kaum. Verbittert kämpfte er gegen Bajars lange Eckzähne an. Er schob den Kopf vor, riss den Mund weit auf und stieß dem Gegner seine Eckzähne, so kraftvoll er konnte, entgegen.

Zack! Zong! Klong! Rattatazo –

Plötzlich erstarrten Kerul und Bajar in der Bewegung.

Durch die Zuschauermenge ging ein entsetztes Raunen.

Die Eckzähne der beiden Krieger hatten sich ineinander verkeilt. Einen Moment verharrten sie so, Zahn an Zahn, Auge in Auge. Keruls Blick flog hastig über Bajars Gesicht. Auf seiner Stirn war kein einziger Schweißtropfen zu sehen. In seinen dunkelblauen Augen loderten Zorn und Unerschrockenheit. Als Kerul diese Augen sah, fasste er einen Entschluss. Er beschloss, genauso unerschrocken zu sein. Er versuchte sich einzureden, Bajar wäre nur ein einfacher, aber sehr ausgewachsener Maralhirsch. Und bisher war Kerul mit jedem Maralhirsch fertig geworden.

Von einer Sekunde auf die nächste verschwanden Bajars Augen. Kerul wurde durch die Luft gewirbelt. Bajar hatte Kerul mit einem Ruck über den Kopf geschleudert. Die verkeilten Eckzähne lösten sich bei der Drehung und Kerul landete unsanft zu Füßen des Baumes. Sofort war Bajar wieder neben ihm. Doch dieses Mal war auch Kerul schnell. Er flopste sich auf die andere Seite des Baumstammes. Bajar holte nach Kerul aus, traf jedoch nur noch den Baumstamm mit seiner Handkante. Die unglaubliche Wucht des Aufschlags spaltete den Baumstamm. Eine Lücke, so groß wie ein Sack Kartoffeln, klaffte im Stamm.

Bajar wollte durch den Spalt nach Kerul greifen, doch der war bereits um den Baumstamm herumgeflogen und hatte sich auf Bajars Rücken geworfen. Bajar überraschte der Angriff aus dem Hinterhalt. Er wusste nicht, dass Kerul beschlossen hatte, dass sein Gegner kein Drakung-Fu-Krieger, sondern ein Maralhirsch war.

Bajar bäumte und schüttelte sich zunächst tatsächlich wie ein Hirsch. Kerul hielt sich krampfhaft an seinen Ohren fest (Bajars Ohren waren sehr lang und groß). So ritt er mehrere Sekunden auf Bajars Rücken.

Bis es Bajar zu bunt wurde. Mit einem kräftigen Ruck schleuderte er seinen Gegner schließlich über seinen Kopf nach vorne.

Die Zuschauer klapperten vor Begeisterung mit den Eckzähnen.

Doch Bajar kam gar nicht erst dazu, wieder in Kampfstellung zu gehen.

Kerul schnappte sich seine Nase. Er steckte zwei Finger in Bajars Nasenlöcher und flog los. Immer im Kreis herum. Immer schneller, wie ein Propeller.

Wusch, wusch, wusch.

Die ersten Sekunden lang war Bajar zu verdutzt, um zu reagieren. Einen Nasenpropeller hatte er bei all seinen Drakung-Fu-Übungsstunden noch nie erlebt. Kerul drehte sich jetzt so schnell, dass seine Umrisse vor Bajars Augen zu einer flackernden Masse verschwammen. Doch im Gegensatz zu einem Maralhirsch brachte das Bajar nicht aus dem Gleichgewicht. Keineswegs. Er hatte genug von diesem Kerul. Und vom Nasenpropeller.

Mit einem Mal schossen Bajars Arme nach vorne. Er packte Kerul an einem Arm und einem Bein. Mit einem *Plopp!* lösten sich Keruls Finger aus Bajars Nase. Bajar schleuderte seinen Gegner in die Höhe, als wäre er ein Luftballon.

Kerul wusste nicht, wie ihm geschah. Eben noch hatte er mit beiden Fingern in Bajars Nase gesteckt und sich um ihn gedreht, jetzt drehte sich auf einmal alles um ihn. Er spürte, dass er in die Luft geschleudert wurde und sich mehrmals überschlug. Bevor er den Flugkurs ändern oder flopsen konnte, war es zu spät. Kerul wusste nicht mehr, wo oben und unten war. Er stürzte direkt auf den Erdboden zu. Direkt auf Bajar.

Bajar sah Kerul lächelnd entgegen. Er trat einen Schritt zurück. Kerul krachte auf den trockenen Boden. Sofort stürzte sich Bajar auf ihn. Er kniete sich mit einem Bein auf Keruls Brust und fauchte Kerul mit entblößten Eckzähnen an.

Kerul taten von dem Aufprall alle Knochen weh. Bajars Knie drückte ihn zu Boden. Er konnte sich nicht bewegen. Schaffte es kaum, den Kopf zu heben. Bajar war kein Maralhirsch, den er bezwingen konnte. Bajar war ein Drakung-Fu-Meister. Kerul war nichts weiter als ein kleiner, unbedeutender Vampgole. Er war am Ende.

Bajar reckte den Kopf und sagte: „Was ist, Kerul? Gestehst du deine Unterlegenheit ein und erkennst meine Macht an?“

Mundgeruch

Die Zuschauer am Rand der Senke waren fledermucksmäuschenstill. Jeden Moment war es so weit. Jeden Moment würde der neue Drakung-Fu-Meister feststehen. Und keiner hatte mehr einen Zweifel daran, wer es sein würde.

Bajar verstärkte seinen Druck auf Keruls Brust. „Also, gibst du auf?"

Kerul öffnete den Mund. „Ich ...", ächzte er, doch dann versagte seine Stimme.

„Was willst du mir sagen?" Bajar beugte sich zu Kerul herab. Seine Nase war nur wenige Zentimeter von Keruls Gesicht entfernt.

Kerul atmete tief ein. Dann hob er den Kopf, öffnete den Mund und ... stieß auf.

Bajars Nasenflügel bebten, als Keruls Rülpser in seine Nasenlöcher eindrang. Was war das für ein Gestank? Wie konnte so etwas aus dem Mund eines Vampgolen kommen? Das war w-i-d-e-r-l-i-c-h!

Kerul hatte sein Abendessen aufgestoßen. Kamelmilchquark, vergorene Stutenmilch und Mehlsuppe mit Knollen. Für Bajar, der sich wenn möglich nur von Fleisch und Blut ernährte, war diese Essenswolke das reinste Gift. Es stieg ihm in die Nase und weiter hoch in sein Gehirn. Dort setzte sich Keruls Rülpser fest und zwickte und kniff Bajar wie Tausende kleine Skorpione.

Bajar kniff die Augen zu, schüttelte den Kopf und wackelte mit den Schultern. Es half nichts. Keruls Rülpser hatte ihn vollkommen benebelt. Einen Moment hielt er sich noch aufrecht, dann schwankte sein Oberkörper.

Kerul streckte den Arm aus und stupste Bajar mit dem Zeigefinger an. Bajar kippte in Zeitlupe nach hinten. Im letzten Moment fing er sich mit den Armen ab. Doch da hatte Kerul sich schon befreit.

Bajar sah verschwommen, wie Kerul aufstand, sich in die Luft erhob und auf einen Baum zuflog. Schwankend und mit weichen Knien kämpfte sich Bajar auf die Beine. Er streckte die zitternden Arme zur Seite und hob ebenfalls vom Erdboden ab. Auch wenn seine Sinne benebelt waren, er war ein Drakung-Fu-Kämpfer, und ein Drakung-Fu-Kämpfer gab niemals auf. Egal, mit welcher stinkenden Geheimwaffe ihm der Gegner auch zusetzte.

Als Kerul sah, dass Bajar die Verfolgung aufgenommen hatte, legte er einen Zahn zu. Bajar beschleunigte ebenfalls. Zwar sackte er mehrmals beim Fliegen nach unten weg, aber ansonsten wirkte er nicht mehr so benommen wie zuvor. Vermutlich ließ die Wirkung des Rülpsers langsam nach.

Kerul flog direkt auf einen Baum zu. Es war der Baum, auf dem die beiden Krieger gekämpft hatten. Kerul erkannte den Spalt im Baumstamm deutlich. Er kniff die Augen zu und schätzte die Größe der Lücke schnell ab. Es musste einfach klappen. Für alles andere war es zu spät. In der nächsten Sekunde schoss Kerul durch den Spalt im Baum.

Bajar steuerte ebenfalls mit Höchstgeschwindigkeit auf den Baum zu. Er sah noch, wie Kerul durch den Spalt verschwand. Dann tauchte er selbst kopfüber in die Lücke ein, genau wie Kerul nur eine Sekunde zuvor. Genau wie Kerul schoss Bajar mit dem Kopf auf der anderen Baumseite wieder heraus. Doch im Gegensatz zu Kerul folgte der Rest des Körpers nicht ganz.

Ein Ruck ging durch Bajar, als er mit seinem kräftigen Rumpf mitten im Baumspalt stecken blieb. Er versuchte, sich zu drehen. Er zog den Bauch ein. Er wackelte mit den Beinen. Und mit dem Po. Er stieß sich mit den Armen am Baumstamm ab. Vergebens. Er steckte im Baum wie eine Bockwurst im Brötchen.

Durch die Zuschauermenge ging ein überraschter Aufschrei.

Kerul wartete noch einen Moment ab. Als er sich sicher war, dass sich Bajar nicht mit eigenen Kräften aus dem Baumspalt befreien konnte, trat er an den Baum. „Bajar Gangbatar, gestehst du deine Unterlegenheit ein und erkennst meine Macht an?“, fragte Kerul mit fester Stimme.

Bajar stemmte sich ein letztes Mal mit den Händen am Baumstamm ab. Er drückte, bis sein Kopf so rot war wie die Abendsonne über der Wüste Gobi. Sein Körper bewegte sich kein Stück vor oder zurück. Er blähte sich auf und versuchte, den gesamten Baum mit der Kraft seines Körpers zu sprengen. Doch der Baum rührte sich nicht. Er knarzte noch nicht einmal. Bajar saß fest. Gefangen von seinem Gegner. Besiegt zu werden war schlimm genug. Aber dabei hilflos in einem Baum festzustecken und wie ein Baby mit Armen und Beinen zu strampeln, war noch viel schlimmer.

Bajar hob den Blick und musterte Kerul einen Moment. Ihm wurde bewusst, dass er eine der wichtigsten Drakung-Fu-Regeln nicht beachtet hatte: *Unterschätze niemals einen Gegner und wirkt er auch noch so schwach*. Bajar schloss kurz die Augen. Dann öffnete er sie und sagte laut und deutlich: „Ich, Bajar Gangbatar, gestehe meine Unterlegenheit ein und erkenne die Macht von Kerul Tschagatai Jugur Selenga an."

Zunächst blieb alles still am Rand der Senke. Die meisten Zuschauer begriffen nur langsam, was soeben vor ihren Augen geschehen war. Manche meinten noch jetzt, der neue Drakung-Fu-Meister würde im Baum feststecken und nicht davorstehen.

Erst als Dschingbiss Zhan vortrat, den Knochenstab hob und rief: „Der neue Drakung-Fu-Meister steht fest! Hoch fliege Kerul Tschagatai Jugur Selenga!", brach die Menge in Jubel aus. Sie hatten einen neuen Meister! Und was für einen ungewöhnlichen!

Kerul wurde auf unzähligen Händen in die Mitte der Senke geflogen. Seine Mutter kam kaum dazu, ihn liebevoll an der Nase zu ziehen, wie es unter miteinander vertrauten Vampgolen Brauch war.

Nara-Venja befreite ihren enttäuschten Bruder aus dem Baumspalt, während in der Senke die Festlichkeiten begannen.

So sehen Sieger aus

Die meisten Bewohner von Ulan-Vampor konnten noch immer nicht glauben, dass der seltsame Kerul der neue Drakung-Fu-Meister sein sollte. Aber sie mussten eingestehen, dass er geschickt gekämpft hatte, indem er sich die geheime Luftwaffe bis zum Schluss aufgehoben hatte. Überhaupt – es war einer der spannendsten Kämpfe seit Jahren gewesen. In letzter Sekunde hatte Kerul, den alle schon für den Unterlegenen gehalten hatten und auf den keiner auch nur noch einen Blutstropfen gewettet hätte, den Sieg an sich gerissen. So etwas konnte nur ein echter Meister.

Kerul hing im Schneidersitz neben Dschingbiss Zhan auf der Ehrentribüne, die schnell zwischen zwei Baumgruppen mit ein paar Leinen aufgebaut worden war. Er genoss das bunte Treiben um sich herum. Die Dorfbewohner jubelten ihm zu, manche tanzten, anderen flopsten, viele zogen ihm anerkennend an der Nase. Jeder, der an Kerul vorbeiging, legte die Hände über dem Kopf zusammen, klatschte und klapperte mit den Eckzähnen als Zeichen der Achtung seiner Meisterschaft.

Nach ein paar Minuten breitete Dschingbiss Zhan die Arme aus. Sofort wurde es still auf dem Platz. „Wie es die Tradition will, folgen nun auf fünf Nächte des Wettstreits und der Entbehrung fünf

Nächte des Feierns und der Ausgelassenheit. Doch bevor das Fest beginnt, muss der Unterlegene dem neuen Drakung-Fu-Meister ein Geschenk darbieten, mit dem er dem Meister gratuliert und jegliche Missgunst begräbt." Dschingbiss Zhan nickte jemandem im Publikum zu.

Bajar trat vor die Ehrentribüne. Er führte einen Yak an einer Leine. Bajar legte die Hände über dem Kopf zusammen, klatschte zweimal und klapperte mit den Eckzähnen. „Kerul, neuer Meister des Drakung-Fu. Als Zeichen meiner Verbundenheit und Anerkennung deines Sieges schenke ich dir dieses gut durchblutete Tier. Mögest du deinen Sieg bis auf den letzten Tropfen auskosten!"

Die Menge jubelte. Einen Yak als Opfertier und Geschenk hatte es schon lange nicht mehr gegeben.

Kerul starrte den Yak an. Er wippte im Schneidersitz von einer Seite auf die andere. Schließlich räusperte er sich und sagte: „Danke."

Dschingbiss Zhan raunte Kerul zu: „Du musst das Geschenk jetzt annehmen."

Kerul zögerte eine Sekunde, dann flog er von der Ehrenleine zu Bajar und dem Yak. Bajar reichte Kerul die Leine. „Na dann", sagte er und deutete auf den Yak. „Prost!"

Kerul betrachtete den Yak. Er hatte zotteliges schwarzes Fell. In der Stirn fiel es ihm bis über die Augen. Kerul streckte die Hand aus. Erst schreckte der Yak zurück, doch dann hielt er ganz still, als Kerul ihm das Fell etwas zur Seite strich und seine großen braunen Augen freilegte. Kerul legte den

Kopf schräg. Der Yak legte den Kopf schräg. Langsam ging Kerul um den Yak herum und stellte sich hinter ihn.

Durch die Zuschauermenge ging ein Tuscheln. Was machte der neue Meister denn nur? Wieso fletschte er nicht die Zähne, stürzte sich auf den Hals des Yaks und biss zu? Suchte er noch nach der besten Bissstelle? Wollte er den Yak etwa in den Hintern beißen?

In dem Moment holte Kerul weit aus und schlug dem Yak kräftig auf sein Hinterteil. Der Yak schreckte auf, schnaufte entsetzt, galoppierte unter der Ehrentribüne hindurch und verschwand in der mongolischen Steppe. Zurück blieb nur eine kleine Staubwolke.

Die Zuschauer starrten dem Yak fassungslos hinterher.

„Was tust du?“, rief Bajar entgeistert. „Du hast ihn vertrieben! Verachtest du mein Geschenk? War dir mein Yak nicht gut genug? Willst du mich beleidigen?“ Bajar schnaufte, wie der Yak es eben getan hatte.

„Dein Geschenk gefällt mir sehr gut“, erwiderte Kerul. „Deswegen habe ich den Yak nicht getötet, sondern ihn zurück in die Steppe geschickt. So habe ich länger was von ihm.“

Bajar zog die schwarzen Augenbrauen zusammen. „Erst hast du mich besiegt und jetzt machst du dich auch noch lustig über mich.“ Er spuckte Kerul vor die Füße. „Du bist kein Drakung-Fu-Meister, du bist eine Schande für das Dorf!“

Ein paar der Umstehenden murmelten zustimmend.

In dem Moment flog Dschingbiss Zhan zwischen die beiden Krieger. „Haltet ein, ihr zwei! Die Kämpfe sind vorüber, habt ihr das vergessen?“ Er sah mit finsteren Augen von Bajar zu Kerul. „Wie es die Tradition will, hat Bajar ein Geschenk gebracht. Und du, Kerul, musst es annehmen, und zwar genau so, wie es die Drakung-Fu-Meister seit Tausenden von Jahren tun. Du musst deinen Sieg auskosten, bis auf den letzten Blutstropfen! So will es die Tradition.“

„So will ich es aber nicht!“ Kerul stemmte die Hände in die Hüfte, damit keiner sah, wie sehr sie zitterten. „Ich will den Yak nicht aussaugen. Er ist ein Bewohner der mongolischen Steppe, genau wie ich.“

Manche Dorfbewohner schrien empört auf, andere lachten.

„Ein Yak ist eine Blutquelle in der mongolischen Steppe, mehr nicht!“, rief jemand.

Dschingbiss Zhan hob den Knochenstab und es wurde augenblicklich ruhig. „Kerul“, begann er mit tiefer Stimme. „Ich gebe dir eine letzte Chance. Bajar wird den Yak für dich wieder einfangen …“

Bajar knurrte, verstummte aber sofort, als Dschingbiss Zhan ihm einen unmissverständlichen Blick zuwarf.

„Und du wirst deinen Sieg bis auf den letzten Blutstropfen auskosten. WIE ES DIE TRADITION WILL!“ Bei den letzten Worten stieß Dschingbiss

Zhan den Knochenstab heftig in den trockenen Boden. Sein bronzefarbener Helm verrutschte.

Kerul presste die Lippen aufeinander, sah zu Boden und schüttelte den Kopf.

„Du weigerst dich noch immer?“, fragte Dschingbiss Zhan ungläubig. Er hatte schon viele sture Vampgolen erlebt, aber noch nie einen, der sich weigerte, einen gut durchbluteten Yak auszusaugen. „Damit verstößt du gegen unsere jahrtausendealte Tradition und beleidigst nicht nur Bajar, sondern alle Vampgolen!“

Die Bewohner von Ulan-Vampor raunten zustimmend. Manche hoben vor Entrüstung kurz vom Boden ab. Manche fauchten Kerul an.

Kerul hob den Kopf und sah dem Großmeister fest in die Augen. „Ihr habt selbst gesagt, dass der neue Drakung-Fu-Meister weitsichtig sein muss und den Weg in die Zukunft weisen soll. Vielleicht muss man dazu mit manchen Traditionen brechen.“

Die Umstehen schrien entsetzt auf.

Bajar sah Kerul fassungslos an.

Die Stäbchen in Dschingbiss Zhans grauem Bart wackelten. Seine Lippen bebten. Noch nie hatte es jemand gewagt, ihm, dem weisen Großmeister, zu widersprechen. Das war zu viel! Er konnte sich nicht von so einem Milchzahnvampi auf der Nase herumtanzen lassen. Er erhob sich in die Lüfte, breitete die Arme aus und verkündete mit donnernder Stimme: „Kerul Tschagatai Jugur Selenga, hiermit schließe ich dich aus der Gemeinschaft von Ulan-Vampor aus. Du wirst auf Wanderflug gehen und erst ins Dorf zurückkehren, wenn du geläutert bist und die Regeln des Drakung-Fu sowie unsere Tradition verinnerlicht hast und bereit bist, danach zu leben."

Die Bewohner von Ulan-Vampor klatschten, klapperten mit den Eckzähnen und nickten.

„Der soll sich erst mal die Flausen aus dem Kopf fliegen!", rief ein alter Vampgole.

„Der ist noch grün hinter den Eckzähnen!", meinte eine Vampgolin.

„Aber ihr könnt ihn doch nicht einfach verstoßen!", rief jemand in der ersten Reihe. Es war Keruls Mutter. Sie sah den Großmeister flehend an.

„Ich verstoße ihn nicht", erklärte Dschingbiss Zhan. „Wenn Kerul sich besonnen hat, kann er zurückkehren."

Kerul flog zu seiner Mutter. Er legte die Hände auf ihre schmalen Schultern und sah ihr fest in die Augen. „Mach dir keine Sorgen. Ich werde mich nach dem Willen von Dschingbiss Zhan und dem der Bewohner von Ulan-Vampor richten. Und ich werde zurückkehren."

„Aber wo willst du denn hin?", fragte Keruls Mutter.

Kerul umarmte sie und flüsterte ihr zu: „Zu Freunden. Es sind die besten und einzigen Freunde, die ich habe."

Keruls Mutter wollte noch mehr fragen, doch Kerul zog sie liebevoll an der Nase, drehte sich um und erhob sich in den Nachthimmel. Er schwebte einen Moment über der Senke und ließ den Blick über die

Dorfbewohner schweifen, bis er bei Dschingbiss Zhan ankam. „Vielleicht bin ich noch grün hinter den Eckzähnen, vielleicht werde ich niemals ein großer Drakung-Fu-Meister. Aber eine alte mongolische Weisheit besagt: Besser ein dummer Wanderer als ein Weiser, der zu Hause sitzt." Mit diesen Worten schlug Kerul einen Salto in der Luft, wedelte kräftig mit den Armen und flog über die mongolische Steppe davon. Einen Moment glich er einer Sternschnuppe.

Langstreckenflug

Keruls dunkelbraune Haare waren vom Gegenwind zerzaust, vom Regen und Nebel verklebt und standen nach hinten ab wie ein aufgestellter Papageienkamm. Die letzten drei Nächte war er ununterbrochen geflogen. Er hatte über 6000 Kilometer hinter sich gebracht. Tagsüber hatte er sich in Felsspalten, Höhlen oder Kellern vor dem Sonnenlicht in Sicherheit gebracht. Er hatte mit Pflanzensaft seinen Durst gestillt und mit Beeren seinen Hunger. Er vermisste seine Heimatjurte, den Sternenhimmel über der Wüste Gobi und die schwarzen Kieselaugen seiner Mutter. Aber es gab kein Zurück mehr. Zumindest nicht, solange er nicht bewiesen hatte, dass er des Titels eines Drakung-Fu-Meisters würdig war.

Kerul schmerzten die Arme, sein Nacken war steif. Noch nie in seinem Leben war er über die Grenzen der Mongolei hinausgeflogen. Er spürte, dass er am Ende seiner Kräfte war. Erst die Kämpfe um die Drakung-Fu-Meisterschaft, dann ein Langstreckenflug. Das hielt kein noch so zäher Vampgole durch.

Und dann war da noch etwas, das an Keruls Nerven zehrte: Etwas war ihm aus der Mongolei gen Westen gefolgt. Es war geheimnisvoll und dunkel. Kerul hatte es genau gespürt, jedoch nie gesehen. Immer, wenn er sich umdrehte, war er allein in der

Luftschicht. Dabei war Kerul sich sicher, dass ihn ein Lufthauch gestreift hatte, dass er ein Atmen gehört hatte, dass ihm jemand auf den Fersen war. Er fühlte sich von wachsamen Augen beobachtet. Tagsüber hörte er ein fremdes Schnarchen, doch kaum wollte er danach suchen, verstummte es.

Folgte ihm nur ein komischer scheuer Vogel, der seinen Schwarm verloren hatte und nun bei ihm Anschluss suchte? Oder war es ein Wesen der Finsternis wie er? Aber wieso folgte es ihm? Wieso gab es sich nicht zu erkennen? Was auch immer ihm folgte, es machte Kerul Angst und ließ ihn noch schneller fliegen.

Zum Glück hatte er es bald geschafft. Am Horizont sah er die Lichter einer Großstadt aufleuchten. Das musste Bindburg sein. Dort wohnten seine Freunde. Seine virtuellen Zwillinge. Vor Freude und Erleichterung stiegen Kerul Tränen in die Augen und er musste blinzeln. In wenigen Minuten würde er bei Silvania und Daka sein. Er hatte die beiden Mädchen noch nie in Wirklichkeit gesehen. Er kannte sie überhaupt erst seit ein paar Tagen. Trotzdem fühlte er sich ihnen näher als den meisten Bewohnern von Ulan-Vampor. Sie würden Kerul nicht verstoßen.

Kerul biss die Eckzähne aufeinander, nahm seine letzte Kraft zusammen, beschleunigte noch einmal und flog direkt auf den nördlichen Rand der Großstadt zu. Die Lichter der Stadt leuchteten unter ihm wie tausend Edelsteine am Boden einer Höhle. Doch Kerul hatte den Blick stur geradeaus gerichtet. Er konnte bereits die Reihenhaussiedlung erkennen, in der die Mädchen mit ihren Eltern wohnten. Keruls Arme zitterten vor Erschöpfung. Seine Beine schlotterten. Nur mit Mühe gelang es ihm, auf den letzten Flugmetern die Augen offen zu halten. Seine Ohren dröhnten, sein Mund war trocken.

Gleich, gleich, gleich hatte er es geschafft.

Auf einmal schoss von rechts wie aus dem Nichts ein gewaltiges dunkles Flugobjekt auf Kerul zu. Es flog mit Höchstgeschwindigkeit. Kerul konnte nicht mehr ausweichen.

„AAAAUUU!“, schrie Kerul, als es auf ihn krachte.

„FUMPFS!“, rief das unbekannte Flugobjekt.

Dann wurde alles schwarz.

Besuch aus dem Osten

Elvira Tepes und Mihai Tepes standen ratlos vor dem Sofa.

Auf dem Sofa lag ein Junge, der höchstens ein Jahr älter war als ihre Töchter. Er trug derbe Schuhe, auf denen sich feiner rotbrauner Sand abgelagert hatte. Sein nachtblaues Gewand reichte bis über die Knie und war mit einem breiten schwarzen Gürtel zusammengebunden. Seine dunkelbraunen Haare standen wie die Knochenplatten auf einem Dinosaurierrücken ab. Seine Haut war blass und aus dem leicht geöffneten Mund ragten vier spitze Eckzähne heraus. Er hatte die Augen geschlossen und atmete flach.

„Du hast einen asiatischen Jungvampir umgeflogen“, sagte Elvira Tepes leise.

Mihai Tepes verzog das Gesicht. Der Lakritzschneckenschnauzer wackelte. „Es war ja keine Absicht. Normalerweise ist der Luftraum über unserem Haus nicht so dicht beflogen.“

„Gerade wenn man eine Strecke besonders gut kennt, passieren die meisten Unfälle“, erwiderte Frau Tepes.

„Mag sein.“ Herr Tepes streckte die Brust heraus. „Allerdings hatte ich Vorfahrt.“

„Und deswegen haben wir jetzt einen bewusstlosen Vampir auf dem Sofa liegen.“ Frau Tepes legte den Kopf schräg und musterte den fremdländischen Besucher. „Was machen wir denn jetzt?“

Herr Tepes streckte die Hand aus und stupste den Gast mit dem Zeigefinger in die Wange. Er rührte sich nicht.

„Soll ich ihm einen feuchten Lappen auf die Stirn legen? Oder Riechsalz unter die Nase halten?“, fragte Frau Tepes.

„Gumox. Menschenmedizin bringt hier nichts. Das da“, Herr Tepes zeigte auf den Jungen, „ist eindeutig ein Vampir. Und was die Lebensgeister eines Vampirs wieder weckt, ist Blut, Blut und nochmals Blut ...“, Herr Tepes überlegte kurz, „... und vielleicht ein Tröpfchen Karpovka.“ Der Karpovka war ein vampwanisches Nationalgetränk. Man sagte ihm heilende, erheiternde und auch beflügelnde Wirkung nach.

Elvira Tepes nickte. „Du hast recht. Versuchen wir es mit Blut.“

Schon zog ihr Mann ein Röhrchen mit Blut aus der Westentasche. Es war eine Blutprobe, die er sich aus dem rechtsmedizinischen Institut, in dem er arbeitete, nun ja, geliehen hatte.

Er steckte sich das Röhrchen in den Mund und zog mit den Zähnen den kleinen gelben Pfropfen heraus. PLOPP! Dann leckte er die Blutreste vom Pfropfen und schnalzte mit der Zunge. „Blutgruppe AB, ein Fest für den Gaumen!“

Frau Tepes verschränkte die Arme. „Mihai!“, sagte sie streng.

„Oh, Skyzati.“ Schnell trat Mihai Tepes mit dem

Röhrchen in der Hand ans Sofa. Er beugte sich über den Jungvampir und tröpfelte ihm vorsichtig etwas Blut auf die Lippen und in den Mund.

Im nächsten Moment riss der junge Vampir die Augen auf, schreckte hoch, fuchtelte mit den Armen und schlug Herrn Tepes mit einer Handkante das Blutröhrchen aus der Hand.

Das Blutröhrchen segelte quer durch das Wohnzimmer. Herr Tepes segelte hinterher. Kurz bevor es am Wohnzimmerboden zerschellen konnte, hechtete Mihai Tepes schwungvoll über eine Grünpflanze, rutschte ein Stück über den Boden und fing das Röhrchen elegant auf. Einen Moment blieb er so liegen, das Blutröhrchen in der Hand erhoben, und hauchte: „AB!“

„Wer seid ihr? In wessen Jurte bin ich?“, fragte der junge Vampir und sah sich nervös nach allen Seiten um.

Frau Tepes lächelte so vertrauenerweckend sie konnte. (Und sie konnte sehr vertrauenerweckend lächeln). „Ich bin Elvira, das dort am Boden hinter der Zimmerpalme ist mein Mann Mihai und das hier ist unser ... ähm, unsere Jurte.“

„Und wer bist du?“, fragte Herr Tepes, der das Blutröhrchen schnell leer trank und wieder aufstand.

„KERUL!!!“, kamen zwei Mädchenstimmen von der Wohnzimmertür.

„Silvania? Daka?“ Kerul richtete sich auf und sah zur Tür.

„Ihr kennt euch?“ Frau Tepes blickte erstaunt

zwischen ihren Töchtern und dem Besucher hin und her. Dann sah sie Hilfe suchend zu ihrem Mann. Der zuckte mit den Schultern.

Silvania und Daka liefen zum Sofa. „Was ist passiert?“, fragte Silvania.

„Bist du den ganzen Weg geflogen?“, fragte Daka.

„Hast du die Prüfung nicht bestanden?“, fragte Silvania.

„MOMENT!“

Frau Tepes schob sich energisch zwischen ihre Töchter und Kerul. Dann sah sie Kerul eindringlich an und fragte: „Wer bist du?“

„Ich bin ihr Bruder“, sagte Kerul. Er nickte Silvania und Daka zu.

Frau Tepes erstarrte auf der Stelle, als hätte jemand in ihrem Körper die Notbremse gezogen. Dann wanderten ihre Augen langsam zu ihrem Mann. „Mihai?“

Bevor Herr Tepes den Mund, der ihm aufgeklappt war, wieder zumachen und eine Antwort geben konnte, lachte Daka los.

„Doch nicht so ein Bruder!“, rief Kerul. „Nur virtuell.“

Elvira und Mihai Tepes überboten sich gegenseitig im Stirnrunzeln.

„Kerul ist unser virtueller Zwilling“, erklärte Silvania. „Wir haben uns im *VampirVZ* kennengelernt.“

„Und wie kommst du aus dem *VampirVZ* hierher?“, fragte Mihai Tepes.

„Langer Flug, lange Geschichte“, erwiderte Kerul.

Herr Tepes trat zum Wohnzimmerregal, holte eine Flasche Karpovka und ein Gläschen heraus und nickte Kerul zu. „Ich liebe lange Flüge und lange Geschichten, schieß los!“

Die Gartenjurte

Daka steckte den Kopf in das zeltähnliche Gebilde, das sie den ganzen Abend mit Kerul im Garten hinter dem Reihenhaus aufgebaut hatten. „Und, ist das jetzt wie eine richtige Jurke?"

„Jurte", verbesserte sie Kerul und nickte. Den ersten Tag hatte er im Haus der Tepes' verbracht. Er war erschöpft und müde gewesen und wollte nur eins: abhängen und schlafen. Er hatte es zuerst im Zimmer der beiden Zwillinge versucht. Dann in einem Zimmer voller Klobrillen. Danach in der Duschkabine im Bad, in der Küche unter der Abzugshaube, im Wohnzimmer an der Gardinenstange und schließlich im Keller. Doch dort schnarchte Herr Tepes in seinem Sarg. Sehr laut.

Kerul hatte es wirklich versucht. Er wollte seine Gastgeber nicht beleidigen. Aber er konnte einfach nicht in ihrem Haus schlafen. Er war feste Wände aus Stein um sich herum nicht gewöhnt. In einem Haus fühlte er sich eingesperrt, als würde er keine Luft bekommen. Was er zum Schlafen brauchte, waren eine Jurte und ein Teppich, in den er sich einrollen konnte.

„Manchmal ist es auch ganz gut, dass Mama alles aufhebt", sagte Silvania, die gerade mit einem Vorleger unter dem Arm die Jurte betrat. Sie rollte den Vorleger aus. „Den hat Oma Rose von einer

Reise aus dem Orient mitgebracht und uns geschenkt." Der kleine Teppich staubte. Silvania hustete „Das … äh … ist bestimmt Wüstensand."

Kerul griff in die Tasche seines dunkelblauen Gewands. „Ich streue sowieso etwas Heimatsand aus der Wüste Gobi darauf."

Daka, Silvania und Kerul hatten aus alten Tischdecken, Bettlaken, Vorhängen und einem Gartenpavillon eine Jurte gebaut. Es war die einzige Jurte in der ganzen Reihenhaussiedlung. Vermutlich sogar die einzige Jurte in ganz Bindburg. Die Vampirschwestern waren sehr stolz.

Sie waren auch sehr stolz auf ihren Gast. Sie hatten Besuch aus der Mongolei. Ein echter Vampgole war Tausende von Kilometern geflogen, um sie zu sehen. Womöglich war er der erste Vampgole überhaupt, der in Bindburg gelandet war. Das war fast so ein großer Schritt für die Vampirheit wie der erste Mensch auf dem Mond für die Menschheit. Daka fand das einfach nur zensatoi futzi und obermuffig cool. Silvania fand das unheimlich exotisch, aufwühlend und romantisch.

Beide Schwestern fanden, dass Kerul genauso verwegen, finster und umwerfend aussah, wie sie sich einen Vampgolen vorgestellt hatten: Haare – dunkelbraun und wirr wie bei einem Yak; Augen wie goldene Perlen; elfenbeinfarbene Haut, über die sich blassblaue Äderchen zogen wie ein feines Spinnennetz.

Kerul hatte den Vampirschwestern und ihren Eltern von seinem Leben in der mongolischen Steppe erzählt, von Ulan-Vampor, von seiner Mutter, von Dschingbiss Zhan und von den Drakung-Fu-Prüfungen. Gebannt hatten sie gelauscht. Herr Tepes hatte vergessen, seinen Karpovka zu trinken. Frau Tepes' nachtblaue Augen waren immer größer geworden, Silvanias Ränder um die Augen immer röter. Daka, die unentwegt an ihren Fingern geknabbert hatte, hatte sich vor Aufregung mit einem Eckzahn ein Loch in den Fingernagel gebissen.

Eins war den Tepes' danach klar: Sie würden Kerul für unbestimmte Zeit Asyl gewähren. Ob virtuell verwandt oder nicht. Er musste Kräfte sammeln. Dann würden sie zusammen eine Lösung finden, wie es weiterging.

„Gibt es hier eine Klingel?", kam eine Stimme von draußen.

Daka, Silvania und Kerul steckten den Kopf aus der Jurte.

Davor standen Helene und Ludo. Sie wollten den Kopf gerade in die Jurte stecken.

Die Vampirschwestern traten aus der Jurte und begrüßten die beiden mit einer Kopfnuss.

„Das sind Helene und Ludo", sagte Silvania an Kerul gewandt. „Und das ist unser virtueller Zwilling Kerul", fügte sie hinzu.

„Deine Nase ist doch gar nicht so groß", sagte Helene.

Kerul schielte auf seine Nase. Dann sah er Helene fragend an.

„Kerul ist ein echter Vampgole", hauchte Daka verzückt.

Ludo musterte Kerul argwöhnisch. „Hast du heute schon etwas gegessen?"

Kerul starrte Ludo einen Moment an. Dann wanderte sein Blick zu Helene. Er fuhr sich mit der Zunge über die Lippen. Er schluckte. Er schnupperte.

Silvania beobachtete ihren virtuellen Zwilling ängstlich.

„Helene und Ludo sind Freunde, keine Mahlzeit!", stellte Daka klar.

Helene und Ludo nickten schnell.

Kerul verzog das Gesicht. „Sie riechen sowieso nicht besonders lecker."

„Wie bitte?" Helene machte ein enttäuschtes Gesicht.

Ludo roch unter seinen Achseln.

„Vielleicht hat mein Geschmackssinn unter dem langen Flug gelitten." Kerul zuckte mit den Schultern. „Oder die Menschen hier haben ein anderes Aroma. Allerdings fand ich Menschen noch nie so richtig lecker." Kerul sah nachdenklich auf Helenes Halsschlagader.

Auf einmal öffnete sich im Nachbarhaus leise die Terrassentür. Ein großer, schlanker Mann trat hinaus in die Dunkelheit. Sein welliges Haar schimmerte golden im Mondlicht. Er legte die Handflächen vor dem Körper aneinander und stellte seinen rechten Fuß an die Innenseite seines linken Oberschenkels. Beide Füße steckten in hellblauen puscheligen Hausschuhen. Der Mann atmete tief ein und schloss die Augen. Zumindest tat er so. Wenn man sehr genau hinsah, konnte man erkennen, dass er unter halb geöffneten Lidern in den Nachbargarten schielte.

„Vor dem da musst du dich in Acht nehmen“, flüsterte Silvania ihrem mongolischen Gast zu und deutete mit dem Kopf auf die Terrasse vom Nachbarhaus.

Daka nickte. „Der ist s-e-h-r neugierig.“

„Und s-e-h-r durchgeknallt“, fügte Helene hinzu.

„Aber auch s-e-h-r gefährlich.“ Ludo machte ein ernstes Gesicht.

Kerul musterte den Mann nebenan. Und seine Hausschuhe. Er runzelte die Stirn. „Wenn ihr meint.“

Bastelstunde

Dirk van Kombast schloss die Terrassentür hinter sich und rieb sich die Hände. Hatte er es doch gewusst! Hatte er mal wieder den richtigen Riecher gehabt. Jahrelange Übung, ein geschulter Blick und unbeirrbare Ausdauer zahlten sich eben aus.

Seine transsilvanischen Nachbarn hatten tatsächlich Besuch bekommen. Dem Aussehen nach war es ein Asiate. Und den Zähnen und der blassen Haut nach ein Vampir. Warum der bissige Besuch draußen im Garten in einem Pavillon hausen musste, war ihm allerdings noch ein Rätsel. Vielleicht hatten die Tepes' nicht genug Platz im Haus. Vielleicht roch der Besuch. Vielleicht war es auch einfach so Brauch. Dirk van Kombast wusste zwar einiges über Vampire, aber wie transsilvanische Vampire asiatische Vampire in einer deutschen Reihenhaussiedlung empfingen, da kannte er sich leider nicht aus.

Dirk van Kombast trat an den Wohnzimmertisch. Er betrachtete einen Moment das Durcheinander aus Schrauben, Muttern, Rädchen, Schläuchen, Unterlegscheiben, Plastikstücken, Schienen und Werkzeugen, das auf und um den Wohnzimmertisch verteilt lag. Dann griff er entschlossen nach einem Kreuzschraubendreher.

Es war höchste Zeit, dass er seine neue Präzisionswaffe fertig bekam. Gerade jetzt, wo nebenan offenbar nicht nur ein Vampir, zwei Halbvampire und eine Vampirsympathisantin wohnten, sondern noch dazu ein bissiger Asiate im Garten zeltete.

Bevor Dirk van Kombast den Schraubendreher ansetzte, warf er einen kurzen Blick auf den digitalen Bilderrahmen. Die Pharmafirma, für die er als Vertreter arbeitete, hatte ihm den Bilderrahmen als Anerkennung für seine hervorragenden beruflichen Leistungen vermacht. Zusammen mit einer kleinen Gehaltserhöhung. Er war einer der besten und bestaussehenden Pharmavertreter ganz Deutschlands. Dass er auch einer der wagemutigsten und raffiniertesten Vampirjäger Deutschlands war, wusste keiner. Nur seine Mama.

Nun ja, seine Nachbarn hatten es mittlerweile vermutlich auch schon bemerkt.

Dirk van Kombast versank einen Moment im Anblick der Fotos, die sich auf dem digitalen Bilderrahmen abwechselten. Es waren Fotos von ihm selbst. Von seiner Mama. Und von ihm mit seiner Mama.

„Dieses Mal haben die blutrünstigen Ungeheuer keine Chance“, versprach er und sah seiner Mama, die gerade im Bilderrahmen erschien, fest in die Augen. Er hatte ihr schon seit Jahren Rache versprochen. Rache dafür, dass Vampire sie in den Wahnsinn getrieben hatten. Und dafür, dass sie seitdem in einer geschlossenen Anstalt sitzen und mit einem Mann, der behauptete, er käme vom Mars, Poker spielen musste.

„Dieses Mal“, fuhr Dirk van Kombast flüsternd fort, als würde er mit dem digitalen Bilderrahmen ein Geheimkomplott schmieden, „werden sie mir keinen Backstein an den Kopf werfen und mich nicht mit roher Gewalt außer Gefecht setzen.“ Er fuhr sich über die Stelle am Kopf, wo noch immer eine kleine Beule von seinem letzten Einsatz gegen die Sargschläfer zu sehen war. Außerdem hatte er sich bei einem tollkühnen Sprung vom Rücken eines Riesenvampirs ein Bein angebrochen. Immerhin musste er keinen Gips mehr tragen.

„Dieses Mal habe ich die perfekte Waffe“, flüsterte Dirk van Kombast. Er wandte den Blick vom digitalen Bilderrahmen, fuhr liebevoll mit der Hand über einen dicken grauen Schlauch und lächelte. „Eine Waffe mit der Kraft eines Tornados und eine Idee mit Sogwirkung.“

Der Hobbybastler bückte sich zum Wohnzimmertisch und wollte sich gerade wieder seiner neuen Konstruktion zuwenden, als ihn ein Geräusch erstarren ließ. Es kam von oben. Dirk van Kombast blieb geduckt mit dem Kreuzschraubendreher in der Hand stehen und sah an die Decke. War jemand in seinem Schlafzimmer? Oder hatte nur der alte Kleiderschrank geknarrt, den er von seiner Mutter vorzeitig geerbt hatte?

Einen Moment spielte Dirk van Kombast mit dem Gedanken, die Polizei zu rufen. Doch was, wenn überhaupt kein Einbrecher in seinem Schlafzimmer war? Was, wenn dort nur eine Maus war oder – noch schlimmer – gar nichts? Dann stand der attraktive Pharmavertreter da wie ein jämmerlicher Waschlappen. Dabei war er alles andere als das. Nein, er musste der Sache selbst auf den Grund gehen.

Auf leisen Puschelhausschuhsohlen und mit eingezogenem Kopf schlich Dirk van Kombast die Treppe hoch. Er hielt den Kreuzschraubendreher vor sich und die Augen nach jeglicher Bewegung offen. Das war nicht einfach, denn in der oberen Etage brannte kein Licht. Sie wurde nur vom schwachen Schein des unteren Flurlichts erhellt. Doch würde Dirk van Kombast das Licht einschalten, würde das den Eindringling im Schlafzimmer sofort warnen. Er würde aus dem Fenster klettern, in der Tiefe der Nacht verschwinden und nur eine wehende Gardine zurücklassen. Das kannte man zur Genüge aus Filmen.

Die Schlafzimmertür war angelehnt. Dirk van Kombast wusste nicht mehr, ob er sie geschlossen hatte oder nicht. Mit dem Rücken zur Wand, den Kreuzschraubendreher jetzt fest in beiden Händen, näherte er sich der Tür. Als er am Türrahmen ankam, hielt er einen Moment inne.

Er lauschte.

Nichts.

Dirk van Kombast atmete noch einmal tief durch, dann fuhr er herum, stieß die Tür mit einem Fuß auf und stürzte mit ausgestrecktem Kreuzschraubendreher in den Raum. Er sah sich hastig um. Das Fenster war geschlossen. Die Gardine hing müde herab. Neben seinem Bett leuchtete das Nachtlicht mit dem Sandmännchen darin. Auf dem Kopfkissen lag ordentlich gefaltet sein fliederfarbener Pyjama. Alles war wie immer. Wie es sein sollte.

Zur Sicherheit schaltete der Pharmavertreter das Licht im Schlafzimmer an. Doch auch dadurch wurde kein Eindringling sichtbar. Im Schlafzimmer war niemand und es war auch niemand dort gewesen. Dirk van Kombast warf dem Kleiderschrank einen tadelnden Blick zu. „Mach das nicht noch mal, mein hölzerner Freund."

Er verließ das Schlafzimmer und schüttelte den Kopf. Jetzt fing er schon an, mit Schränken zu reden. Die Vampirjagd war ein einsames Geschäft. Er musste mal wieder unter Leute gehen. Vielleicht mit Dr. Bohne eine Runde Squash spielen. Oder Schwester Chantal aus der Augenarztpraxis zum Sushi einladen.

Ein Geräusch ließ ihn erstarren, bevor er einen Fuß auf die Treppe setzen konnte. Instinktiv umklammerte er den Kreuzschraubendreher fester. Wieder wanderte sein Blick nach oben. Es war dasselbe Geräusch gewesen wie vorhin. Doch es kam nicht aus dem Schlafzimmer vom Kleiderschrank. Das Geräusch kam vom Dachboden. Es klang dumpf, als wäre etwas gegen die Wand gefallen. Oder als wäre jemand gegen die Wand gestoßen.

Dirk van Kombast ging langsam auf die Luke zu, die zum Dachboden führte. Er versuchte sich daran zu erinnern, was auf dem Dachboden war. Das letzte Mal war er dort oben gewesen, als er seine Ski, Skistöcke und Skiklamotten dort verstaut hatte. Das war Monate her. Ansonsten standen dort, soweit er sich erinnern konnte, nur ein paar Kisten mit alten Sachen von ihm und seiner Mutter, ein ausrangierter Computer und seine Modelleisenbahn.

Er stellte sich unter der Luke auf die Zehenspitzen, streckte den Arm aus und zog die Deckentür samt der Leiter, die sich dahinter verbarg, auf. Die Metallleiter quietschte wie ein Vampir am Spieß, Dirk van Kombast zuckte zusammen. Kühle, modrige Luft wallte vom Dachboden nach unten. Er wartete einen Moment. Alles blieb ruhig. Dann kletterte er langsam nach oben. Stufe für Stufe. Die linke Hand an der Treppe. Die rechte mit dem Kreuzschraubendreher nach vorne gerichtet. Die Augen wachsam wie ein Panther.

Mit der nächsten Stufe würde sein Kopf die Luke erreichen. Die Metallleiter wackelte unter Dirk van Kombasts zitternden Beinen. Er hielt den Kreuzschraubendreher so angestrengt fest, dass er den Griff beinahe zerquetschte und presste die Zähne aufeinander, damit sie nicht klapperten. Dann setzte er den Fuß auf die nächste Stufe und drückte sich langsam nach oben. Sein Kopf tauchte in der Luke auf. Er spähte über den Rand der Luke auf den Dachboden. Alles war schwarz. Seine Hand tastete hektisch nach dem Lichtschalter neben der Luke. Endlich fand sie ihn, drückte ihn nach unten und …

Alles blieb schwarz.

Dirk van Kombast drückte mehrmals verzweifelt auf den Lichtschalter, doch die einzelne Deckenlampe leuchtete nicht auf. Einen Moment blieb er ratlos mit dem Kopf in der Luke stehen. Sollte er eine Taschenlampe holen? Oder einen Elektriker?

Nach und nach gewöhnten sich seine Augen an das schwache Mondlicht, das durch das kleine Dachfenster fiel. Es tauchte den Dachboden in ein kaltes blaugraues Licht, als sollte er die Kulisse für einen Schwarz-Weiß-Film bilden. Dirk van Kombast sah, dass die Glühbirne zerbrochen war. Es steckten nur noch ein paar Scherben in der Fassung. Er erkannte die Modelleisenbahn in einer Ecke des Dachbodens und ein paar Kisten in der gegenüberliegenden Ecke. Seine Ski und Skistöcke lagen kreuz und quer übereinander mitten auf dem Dachboden. Der Vampirjäger war sich sicher, dass er sie an die Wand gestellt hatte.

Ihn überkam ein Frösteln. Er hatte das Gefühl, dass ihn jemand beobachtete. Dass jemand unmittelbar in seiner Nähe war. Fast meinte er, einen fremden Atem zu spüren. Er drehte sich blitzschnell nach allen Seiten um und stieß den Kreuzschraubendreher in alle Richtungen. Sein Herz raste. Seine Augenlider flackerten.

Nichts.

Auf dem Dachboden war niemand.

Zumindest war niemand zu sehen.

Dirk van Kombast atmete tief durch. Er musste sein inneres Gleichgewicht zurückerlangen, wenn er schon äußerlich auf der Metallleiter schwankte. Wahrscheinlich, redete sich der Vampirjäger ein, waren Ski und Skistöcke umgefallen und hatten dabei die Glühbirne kaputt gemacht. So musste es gewesen sein. Es gab keine andere Erklärung. Er hatte sie nicht ordentlich an die Wand gestellt, sie waren umgefallen und hatten das seltsame Geräusch gemacht. Wieso waren sie aber erst jetzt umgefallen, nachdem sie monatelang friedlich auf dem Dachboden gestanden hatten?

Darüber, beschloss Dirk van Kombast, konnte er auch auf dem Sofa im Wohnzimmer nachdenken. Um Ski, Stöcke und Glühbirne würde er sich bei Tageslicht kümmern.

Er stieg leicht schwankend die Metallleiter herunter und stieß die Bodenluke wieder zu. Es dauerte einen Moment, bis seine Beine nicht mehr einzuknicken drohten. Bis sein Herzschlag nicht mehr davongaloppierte. Bis sich die Haare in seinem Nacken wieder legten.

Schließlich atmete Dirk van Kombast erleichtert auf. Dann verzog er das Gesicht zu einer Grimasse. Was war nur eben mit ihm los gewesen? Er war ein erwachsener Mann. Er war ein erfahrener Vampirjäger. Er war der Traum mancher einsamen Arzthelferin. Und dennoch hatte er auf seinem eigenen Dachboden gezittert. Und das nur, weil eine Glühbirne kaputt war.

Der Vampirjäger sah nach oben zur Dachbodenluke. Er grinste und schüttelte den Kopf.

Auf der anderen Seite der Dachbodenluke grinste jemand zurück. Jemand, der geräuschlos und gut getarnt in der Dunkelheit direkt über der Dachluke hing. Der Sekunden zuvor nur wenige Zentimeter über Dirk van Kombasts Kopf geschwebt hatte. Jemand, der ihn hätte an den Ohren ziehen, auf den Kopf spucken oder in den Hals beißen können. Jemand, der ihn bis auf den letzten Tropfen hätte aussaugen können.

Die mandelförmigen hellroten Augen funkelten gierig im Schein des Mondlichts. Die spitzen weißen Eckzähne blitzten wie Messer.

Der Dachboden hatte einen neuen Bewohner. Einen Bewohner, der sich an keine Hausordnung halten würde.

Doch davon wusste Dirk van Kombast noch nichts.

Elvira, ihm schmeckt's nicht!

Ein Haus weiter baumelte niemand auf dem Dachboden herum. Die gesamte Familie Tepes, einschließlich ihres weit geflogenen Gastes, hatte sich zum Abendessen versammelt. Sie saßen an einem großen, reichlich gedeckten Tisch im Wohnzimmer.

Herr Tepes stand am Tischende, hatte das Glas erhoben und sagte: „Auf Kerul, unseren virtuellen Sohn und Überflieger aus der Mongolei!"

„Schnappobyx!", riefen alle als Antwort im Chor und stießen mit den Gläsern aneinander.

Kurz darauf waren Besteckgeklapper, Schmatzen und ab und zu ein unterdrückter vampirischer Rülpser zu hören. Hin und wieder fragte jemand „Kannst du mir bitte mal die blutige Schlachterplatte reichen?" (Herr Tepes) oder „Möchte sich jemand mit mir einen Mistkäfer teilen?" (auch Herr Tepes) oder „Flops doch mal bitte den wurmigen Käse rüber!" (Daka) oder „Kann mir jemand was von der Blutwurst abschneiden?" (Silvania) oder „Esst den Schweineborstensalat, der muss weg!" (Frau Tepes) oder „Sind noch mehr von den Gürkchen da?" (Kerul).

Es war ein harmonisches Abendessen. Bis Mihai Tepes auf einmal im Kauen innehielt, als hätte er auf eine Knoblauchzehe gebissen, und Kerul entsetzt ansah. „Hast du eben nach Gürkchen gefragt?"

Kerul, aus dessen Mund noch das Ende einer eingelegten Gurke ragte, nickte und sog die Gurke schnell ganz in den Mund.

Der Lakritzschnauzer von Herrn Tepes zitterte vor Widerwille. „Kerul, du brauchst bei uns doch nicht an Grünzeug zu knabbern." Er griff nach der blutigen Schlachterplatte und hielt sie Kerul vor die Nase. „Hier, greif zu!"

Kerul schielte auf die Platte vor seinem Gesicht. Er schluckte mehrmals hintereinander. Dann schüttelte er den Kopf. „Datiboi. Aber Fleisch- und Wurstwaren sind nicht meins."

Herr Tepes sah seinen Gast fassungslos an. Beinahe wäre der gesamte Belag von der Schlachterplatte gerutscht. „Sind unsere hiesigen Blutwaren nicht nach deinem Geschmack?"

„Nein, das ist es nicht", wehrte Kerul ab.

„Bestimmt willst du Frischblut." Elvira sah Kerul besorgt an. „Tagelang nur abgestandenes Blut aus der Konserve aus dem rechtsmedizinischen Institut – das kann ja nicht toll schmecken."

„Ich weiß!", rief Daka. „Du willst Frischblut von dieser mongolischen Kuh … diesem …"

„Yak?" Kerul schüttelte den Kopf.

Silvania sah Kerul einfühlsam an. „Bist du krank? Hat dir der lange Flug den Appetit verdorben? Das geht mir auch immer so. Bei mir reichen sogar ganz kurze Flüge."

„Ich habe auch vor dem Langstreckenflug kein Fleisch gegessen. Zu Hause habe ich mich von Quark aus Kamelmilch …"

Daka verzog das Gesicht.

„… von Mehlsuppe mit Knollen …"

Silvania rümpfte die Nase.

„… und von vergorener Stutenmilch ernährt."

Der Lakritzschnauzer von Herrn Tepes kringelte sich vor Grauen nach außen.

Frau Tepes wurde so blass wie der Rest der Familie.

Nachdem Herr Tepes seinen Lakritzschnauzer zurechtgerückt und die Fassung wiedergewonnen hatte, schlug er mit der Faust auf den Tisch. „Was ist denn mit dir los? Du isst ja wie ein Mensch! Nein, schlimmer noch, wie ein vegetarischer Mensch!"

Kerul ließ den Kopf hängen. „Ich weiß."

Einen Moment war es still am Abendbrottisch. Dann lehnte sich Silvania zu Kerul und legte ihm die Hand auf die Schulter. „Das ist nicht so schlimm. Ich bin dein virtueller Zwilling. Natürlich kenne ich das. Ich war auch mal Vegetarierin."

Daka nickte. „Zwei Stunden lang."

Mihai Tepes sah seine erstgeborene Tochter bestürzt an.

„In Ulan-Vampor ist das aber schlimm", sagte Kerul. „Und zwar so richtig schlimm. Die Vampgolen sind sehr traditionsbewusst. Sie kämpfen wie vor Tausenden von Jahren, sie feiern wie vor Tausenden von Jahren und sie essen wie vor Tausenden von Jahren."

Herr Tepes schnalzte mit der Zunge. Ihm gefiel der Gedanke.

„Nur du nicht." Frau Tepes sah Kerul mitleidig an.

Kerul nickte. Dann sah er traurig auf einen unbestimmten Punkt an der Wohnzimmerwand, als würde sich dahinter die unendliche Weite der mongolischen Steppe ausbreiten. „Irgendwie habe ich nie so richtig reingepasst. Es fing schon in der Kinderjurte an. Meine Haut war nicht ganz so weiß wie die der anderen Vampgolinis, meine Augen nicht ganz so schmal und meine Milcheckzähne nicht ganz so lang."

„Sie haben dich ausgelacht?" Frau Tepes hätte ihren virtuellen Sohn am liebsten umarmt.

„Nein. Sie haben mich in einen Teppich eingerollt und in eine Regentonne gesteckt."

„Mit oder ohne Deckel?", fragte Daka.

„Mit."

„Und deswegen hast du angefangen, Gürkchen zu essen?" Mihai Tepes sah Kerul zweifelnd an.

„Ich hatte noch nie so richtig Heißhunger auf Blut. Eigentlich habe ich es nur getrunken, weil meine Mutter meinte, es wäre gut für meine Knochen. Aber dann habe ich entdeckt, wie lecker Pflanzensaft und Kamelmilch schmecken. Und seitdem habe ich gar keinen Appetit auf Blut mehr", erklärte Kerul.

Daka, Silvania, Elvira und Mihai Tepes sahen Kerul nachdenklich an.

Kerul kratzte sich im Nacken. „Ich weiß, das ist alles merkwürdig. Vielleicht bin ich wirklich krank. Oder mit meinen Genen stimmt was nicht."

Daka, Silvania, Elvira und Mihai Tepes sahen Kerul *noch* nachdenklicher an.

„Ich gebe mir wirklich Mühe, ein richtiger Vampgole zu sein, aber es klappt irgendwie nicht." Kerul zuckte hilflos mit den Schultern.

Schließlich räusperte sich Elvira Tepes. „Für einen Vampir oder Vampgolen hört sich das wirklich alles sehr merkwürdig an." Sie machte eine bedeutungsvolle Pause. „Aber nicht für einen Halbvampir."

„Oder Halbvampgolen", pflichtete ihr Mihai bei.

„WAS?!" Kerul war schnell wie eine Sojus-Rakete in die Luft gegangen und schwebte nun über dem Esstisch.

„Nun flops doch nicht gleich aus", sagte Silvania.

„Komm wieder runter." Daka zog an Keruls Bein.

Kerul dachte nicht daran. Seine Augen glühten wie Kastanien im Feuer. „Ein Halbvampir!" Er stieß das Wort aus, als wäre es eine schimmelige Bockwurst. „So etwas gibt es gar nicht."

„Doch", sagten Daka und Silvania wie aus einem Mund.

Mihai und Elvira nickten.

„Ich habe noch nie einen Halbvampir getroffen." Kerul verschränkte die Arme. „Wo soll es die denn geben?"

„Hier", sagte Silvania.

„In diesem Wohnzimmer", fügte Daka hinzu.

Mihai Tepes nickte. „Sie sind unter uns."

Kerul schielte nach allen Richtungen. Er flog eine Runde durch das Zimmer. Er sah unter die Couch und hinter den Vorhang. „Hier sind keine Halbvampire. Weil es keine gibt!"

Silvania wurde es langsam zu bunt. Das war ja, als würde jemand mit dem Gesicht in einem Ameisenhaufen stecken und behaupten, es gäbe keine Ameisen. „Natürlich gibt es Halbvampire", sagte sie. „Zwei davon sitzen direkt vor deiner Nase." Sie zeigte auf sich und ihre Zwillingsschwester.

„IHR?" Kerul starrte die Schwestern an, als wären sie geklonte, fliegende Pinguine. Er musterte sie von oben bis unten. Er flog zu Silvania und roch an ihr. Er zupfte an ihren Haaren. Er flog zu Daka und kniff sie in die Nase. Dann rüttelte er an ihrem Eckzahn. „Ihr seid nur halbe Vampire?"

„Unsere Mutter ist ein Mensch", sagte Silvania. „Und unser Vater ein Vampir."

Mihai Tepes hob kurz die Hand.

„Das ist wie bei Ameise und Bär", sagte Daka. „Ameisenbär, verstehst du?"

„Gumox! Wie bei Esel und Pferd", verbesserte Silvania. „Wir sind die Maultiere."

Elvira Tepes runzelte die Stirn.

„Auf jeden Fall sind wir halb Mensch und halb Vampir", stellte Daka klar.

„Aber ..." Kerul war jetzt mindestens so blass wie ein echter Vampgole. Langsam ließ er sich zurück auf den Stuhl sinken. „Aber das ist ja schrecklich! Ihr Ärmsten!"

„Schrecklich?" Daka zog die Augenbrauen hoch.

„Wir Ärmsten?" Silvania sah Kerul fragend an.

„Halbvampir sein ist das Coolste, was es überhaupt gibt!“ Daka schlug sich mit der Faust auf die Brust.

„Cooler ist nur noch, Halbvampir zu sein und einen Halbvampir als Zwilling zu haben.“ Silvania hielt kurz inne. „Wobei ... früher habe ich mir schon manchmal gewünscht, ein ganz normaler Mensch zu sein.“

Daka nickte. „Und ich habe mir manchmal gewünscht, ein ganz normaler Vampir zu sein.“

„Aber aus zwölfjähriger Lebenserfahrung wissen wir, dass man am besten das ist, was man ist“, sagte Silvania.

„Vampir sein ist nicht schlecht“, begann Daka.

Herr Tepes nickte.

„Mensch sein ist nicht schlecht“, fuhr Silvania fort.

Frau Tepes nickte.

„Am liebsten sind wir allerdings Halbvampire“, endete Daka.

„Aber was soll denn daran so toll sein?“, fragte Kerul.

„Als Halbvampir kann man fliegen und flopsen“, antwortete Daka.

„Aber man ist nicht so allergisch gegen Sonnenlicht, dass man den ganzen Tag in einer muffigen Gruft verbringen muss“, ergänzte Silvania.

„Als Halbvampir hat man halbwegs lange Eckzähne, aber man muss sie nicht unbedingt zum Beißen von Menschen und anderen gut durchbluteten Lebewesen benutzen, sondern kann sie auch einfach beim Büchsenöffnen einsetzen“, fuhr Daka fort.

„Oder zum Konfettiausstanzen“, warf Elvira Tepes ein.

„Als Halbvampir fällt man nicht gleich in ein Koma, wenn man mal an einer Knoblauchzehe riecht“, erklärte Silvania.

„Und als Halbvampir kann man mit Vampiren UND Menschen befreundet sein.“ Daka grinste. „Man hat viel mehr Auswahl!“

Keruls Blick wanderte zu Frau Tepes. Erst jetzt verstand er, warum die Mutter seiner virtuellen Zwillinge so vollkommen anders roch als der Rest der Familie und warum ihre Eckzähne so verkümmert waren. „Sie sind also ein ganz normaler Mensch.“

Bevor Frau Tepes etwas erwidern konnte, sagte ihr Mann: „Halbnormal. Schließlich hat sie einen Vampir geheiratet.“

Daka und Silvania nickten.

„Und deine Mutter“, sagte Mihai Tepes und zeigte auf Kerul, „ist demzufolge auch kein normaler Mensch.“

Kerul riss entrüstet den Kopf zurück. „Meine Mutter ist überhaupt kein Mensch. Sie ist eine Vampgolin!“

„Ach ja? Und wie kommst du darauf?“, fragte Herr Tepes, zwirbelte den Lakritzschnauzer zwischen den Fingern und sah Kerul herausfordernd an.

Kerul zählte die Beweise an den Fingern ab. „Sie kann fliegen. Sie kann flopsen. Sie kann einen ganzen Yak leersaugen. Sie wagt sich bei Tageslicht nicht aus der Jurte. Sie nähert sich einer Knoblauchzehe nur mit Schutzmaske und nur auf höchstens zehn Meter. Ihre Eckzähne reichen fast bis zum Kinn. Sie riecht muffig und ist 1076 Jahre alt."

Herr Tepes formte mit seinen Lippen einen Entenschnabel. „Das ist allerdings äußerst ungewöhnlich für einen Menschen."

„Na schön, sagen wir mal, deine Mutter ist eine Vampgolin", überlegte Silvania laut. „Dann muss dein Vater ein Mensch sein."

„Oder saugt der zum Frühstück auch einen ganzen Yak leer?", fragte Daka.

„Keine Ahnung", erwiderte Kerul. „Ich kenne meinen Vater nicht. Weiß noch nicht einmal seinen Namen. Meine Mutter hat gesagt, er wäre ein Vampir auf Durchflug gewesen. Er hat in der Mongolei nur eine Zwischenlandung gemacht."

„Bestimmt ist er kein Vampir. Deswegen sind deine Eckzähne nicht so lang, ist deine Haut nicht so blass und deswegen hast du keinen Heißhunger auf Blut", vermutete Silvania.

„Und bestimmt ist er auch kein Asiate. Deswegen sind deine Augen nicht ganz so schmal und deine Haare nicht ganz so schwarz", fuhr Elvira Tepes fort.

Kerul schluckte dreimal, bevor er den Satz herausbrachte: „Ihr meint, mein Vater ist ein Mensch?"

„Es gibt Schlimmeres", versuchte Herr Tepes seinen Gast zu beruhigen. „Wie zum Beispiel ..." Herr Tepes räusperte sich. „Na ja, Schlimmeres eben."

„Jetzt verstehe ich auch, warum wir virtuelle

Zwillinge sind!“ Daka schlug sich mit der flachen Hand auf die Stirn. „Wir sind alle drei Halbvampire.“

Kerul schüttelte den Kopf und biss die Eckzähne aufeinander. „Ich, Kerul Tschagatai Jugur Selenga, bin ein Vampgole. Ein echter. Kein halber.“

„Wollen wir es testen?“, fragte Silvania und grinste.

Halbvampirtest in drei Stufen

Daka und Silvania hatten drei Stunden nachgedacht. Daka war drei Loopings durchs Zimmer geflogen. Silvania hatte drei Bleistifte abgebrochen. Karlheinz war in der Zeit dreimal an der Aquariumscheibe hoch- und wieder runtergerutscht. Dann hatten sie ihn entworfen: den Halbvampirtest in drei Stufen.

1. Stufe: *Der Knoblauchtest*

Der Mond schien auf das Feld hinter dem Reihenhaus der Familie Tepes. Er warf sein blassblaues Licht auf einen Vampgolen (oder Halbvampgolen?), zwei Halbvampire, eine Knoblauchknolle und einen Eimer.

Daka hatte sich den Eimer über den Kopf gestülpt. Er reichte ihr fast bis über die Augen. Oben auf dem Eimer lag die Knoblauchknolle. Von Weitem sah es aus, als hätte der dunkelrote Eimer einen weißen Bommel.

Zehn Meter von Daka, dem Eimer und der Knolle entfernt stand Kerul. Er hatte die Augen starr auf die Knolle gerichtet. Er wirkte viel kleiner, als wäre er in den weichen Ackerboden eingesunken.

„Du musst keine Angst haben“, versprach ihm Silvania, die neben ihm stand. „Wenn du umkippst, fange ich dich auf und stopfe dir als Gegenmittel sofort Heimatwüstensand in die Nase, okay?“

Kerul schielte kurz zu Silvania und nickte. Dann sah er wieder nach vorne. Er machte ein Gesicht, als würde ein feindliches Heer mit Tausenden, bis an die Eckzähne bewaffneten Soldaten vor ihm stehen. Doch alles, was vor ihm stand, waren ein Mädchen, ein Eimer und eine Knoblauchzehe.

„Also los", sagte Silvania. „Geh auf Daka zu. Onu, zoi, trosch!"

Kerul atmete tief durch. „Onu." Er hob den Fuß in die Luft. Er wackelte mit den Zehen. Er ließ den Fuß kreisen. Schließlich setzte er ihn auf den Ackerboden und zog den anderen Fuß heran. Der erste Schritt war geschafft.

Silvania nickte Kerul aufmunternd zu.

Kerul schnupperte vorsichtig. „Zoi", sagte er und hob wieder den Fuß. Dieses Mal zögerte er nur kurz, dann machte er den nächsten Schritt. Wieder wackelten seine Nasenflügel, als er Luft einsog. Zwar konnte er den Knoblauch schon riechen, aber bis jetzt benebelte er noch nicht seine Sinne. Die Sinne eines echten Vampgolen.

„Trosch!" Kerul wagte den dritten Schritt.

„Zensatoi futzi!", rief Silvania. „Jetzt bist du nur noch wenige Meter vom Knoblauch entfernt." Sie zwinkerte ihrer Schwester zu. Silvania hatte gesehen, was Kerul nicht gesehen hatte: Daka war mitsamt Eimer und Knoblauchzehe ein kleines Stückchen vorgerückt, ohne die Füße vom Feld zu heben. Offenbar wollte sie Kerul bei seiner ersten Begegnung mit einer Knoblauchknolle etwas entgegenkommen.

„Und? Spürst du irgendwelche Veränderungen? Ist dir schwindlig? Rauscht es in deinen Ohren?“, fragte Silvania.

„Nein. Aber das kann sich mit jedem Schritt ändern“, erwiderte Kerul.

„Ich bin ja da“, sagte Silvania. „Also, machen wir weiter?“

Kerul nickte. „Onu!“ Er schritt nach vorne. Er schnupperte. „Zoi!“ Wieder ein Schritt. „Trosch!“

Plötzlich machte etwas *knacks!* Kerul schwankte und sah nach unten. Im letzten Moment erkannte er noch einen Ast, dann geriet er ins Stolpern. Mit rudernden Armen torkelte er vorwärts. Direkt auf Daka zu.

„Aij!“, schrie Daka, als Kerul ihr auf den Fuß trat.

Erschrocken zog Kerul den Fuß zurück.

Silvania spuckte ihrer Schwester sofort mit so viel Speichel, wie sie in ihrer Mundhöhle auftreiben konnte, auf den Fuß.

„Was machst du hier?“, fragte Kerul entsetzt.

„Ich stehe hier.“ Daka schielte nach oben. „Mit einem Eimer und einer Knolle auf dem Kopf.“

„Aber wieso hier?“ Kerul zeigte hinter Daka. „Wieso nicht dort hinten?“

„Ich stand schon immer hier. Wieso stehst du auf einmal auf meinem Fuß?“, gab Daka zurück.

Erst jetzt wanderte Keruls Blick zum Eimer und langsam weiter nach oben zur Knoblauchknolle, die darauf lag. Er war nur wenige Zentimeter von dem todbringenden Gemüse entfernt. Kerul starrte die

Knolle an wie eine Bombe, die jede Sekunde in die Luft gehen konnte. Seine Nasenflügel bebten. Sein Kinn zitterte.

Silvania stellte sich hinter Kerul. Zur Sicherheit breitete sie schon mal die Arme aus. Wie romantisch das wäre, wenn Kerul ihr nachts auf einem Acker in die Arme fallen würde!

Daka breitete ebenfalls die Arme aus. Allerdings nicht wegen der Romantik, sondern zum Schutz. Für den Fall, dass Kerul nach vorne kippen sollte. Für den Fall, dass er doch kein Halbvampgole war.

Kerul schwankte tatsächlich. Und zwar nach vorne. Er hatte sich auf die Zehenspitzen gestellt, reckte den Kopf und stieß mit der Nase fast an die Knoblauchknolle. Er schloss die Augen und atmete tief ein.

Daka schielte besorgt nach oben zum Eimer und zu Kerul. Er musste es ja nicht gleich übertreiben. So nah würde sie sich noch nicht einmal mit ihrer eigenen Nase an Knoblauch heranwagen.

Kerul streckte die Hand aus und zögerte einen Moment. Dann griff er schnell nach der Knoblauchknolle, wie ein Dieb nach den Kronjuwelen. Er hielt sich die Knolle vors Gesicht und betrachtete sie von allen Seiten. „Das schmeckt bestimmt gut in Kamelmilchquark."

Daka rümpfte die Nase und schob sich den Eimer in den Nacken.

Silvania holte einen kleinen Block und einen Stift heraus und notierte:

1. Stufe: Knoblauchtest – bestanden.

2. Stufe: *Der Tageslichttest*
Der Herbsttag war frisch, aber sonnig. Es war genau 13:46 Uhr. Kerul stand verschlafen im Flur des letzten Reihenhauses im Lindenweg. Seine virtuellen Zwillinge hatten ihn mitten am Tag geweckt. Sie hatten gesagt, das würde zum Test gehören.

Kerul hatte einen schwarzen Mantel von Herrn Tepes an. Er reichte bis auf den Fußboden und der hochgestellte Kragen bis an Keruls Ohren. Auf den Ohren hatte er flauschige bunte Ohrenschützer, die wie eine Blume aussahen. Frau Tepes hatte sie in ihrer Kindheit getragen. Sie freute sich, dass sie endlich wieder benutzt wurden.

Silvania hatte Kerul einen ihrer Hüte geborgt. Es war ein Cowboyhut mit einer breiten Krempe. Die riesengroße Sonnenbrille mit dem knallroten Rand auf seiner Nase gehörte Daka. Um den Hals hatte Kerul sich ein Frotteehandtuch gewickelt. Er zog es bis über das Kinn. Der Rest seines Gesichts war von einer dicken Schicht Sonnencreme bedeckt.

„Und ihr wollt da jetzt echt raus?“ Kerul lugte durch das kleine Fenster neben der Haustür. „Das ist Selbstmord.“

Daka zuckte mit den Schultern. „Wir begehen jeden Tag Selbstmord. Uns ist dabei noch nie etwas passiert.“

„Und dir passiert erst recht nichts“, fügte Silvania hinzu. „Mit der Creme, dem Handtuch und den Klamotten hast du Lichtschutzfaktor 2500.“

„Der optimale Sonnenlichtschutz ist die Nacht“, zitierte Kerul eine vampgolische Weisheit.

„Wenn du ein Halbvampgole bist, brauchst du keinen optimalen Sonnenlichtschutz. Dann kannst du genau wie wir auch am helllichten Tag herumfliegen“, erwiderte Daka.

Das könnten die Vampirschwestern – rein theoretisch. Hätte ihnen ihre Mutter nicht das Fliegen und Flopsen bei Tageslicht verboten. Sie hatte Angst, friedliche Nachbarn könnten dadurch verschreckt werden.

„Aber am helllichten Tag will ich überhaupt nicht herumfliegen. Da will ich schlafen“, erwiderte Kerul.

„Kann ich gut verstehen.“ Daka gähnte. Sie hatte sich noch nicht so ganz an die Tag-Nacht-Umstellung seit dem Umzug aus Transsilvanien nach Deutschland gewöhnt. „Es hat aber auch Vorteile, tagsüber wach zu sein.“

„Ja, wir können zum Beispiel wie die Menschen auch in die Schule gehen“, sagte Silvania.

Daka runzelte die Stirn. Das war ein Vorteil?

Silvania legte eine Hand auf den Türgriff. „Ab in die Sonne!“ Mit diesen Worten zog sie die Haustür auf.

Kerul wich instinktiv vor den Sonnenstrahlen zurück, die auf die Fußmatte fielen. Auf ihn wirkten sie so bedrohlich wie lodernde Flammen.

Daka trat aus der Haustür und drehte sich nach Kerul um. „Ich denke, du bist ein großer Drachenmeister und die kennen keine Angst!“

„Drakung-Fu-Meister!“, verbesserte sie Kerul. Dabei ließ er die Sonnenstrahlen keine Sekunde aus den Augen. „Eure Tests sind viel schlimmer als jede Drakung-Fu-Prüfung.“

Daka erinnerte sich an ihren ersten Ausflug am helllichten Tag. Auch ihr war der erste Schritt ins Sonnenlicht schwergefallen. Auch sie hatte Angst gehabt, die Sonnenstrahlen würden sie verbrennen. Noch heute ging sie nie ohne Sonnencreme mit Lichtschutzfaktor 150 aus dem Haus und hatte immer eine Sonnenbrille dabei. Sie streckte Kerul die Hand entgegen. „Am Anfang zwickt es ein bisschen, als würden Kellerasseln über deine Haut flitzen. Aber es tut nicht richtig weh, ich verspreche es dir.“

Einen Moment sah Kerul unentschlossen auf Dakas Hand. Dann nahm er sie und ließ sich von Daka nach draußen ziehen. Trotz Sonnenbrille musste er blinzeln, so grell kam ihm das Tageslicht vor. Kerul war noch nie zuvor tagsüber unter freiem Himmel gewesen. Normalerweise lag er um die Zeit eingerollt in einem muffigen Teppich in einer unterirdischen Jurte. Wie es sich gehörte. „Das blendet.“ Er hielt sich schützend die flache Hand vors Gesicht.

„Daran gewöhnen sich deine Augen“, versicherte ihm Silvania.

„Und, zwickt es?“, fragte Daka.

„Nur hier.“ Kerul zeigte auf seine Nasenspitze. „Und nur ein bisschen.“ Er war selbst erstaunt, dass ihn die Sonnenstrahlen nicht auffraßen wie ein Fegefeuer. Vorsichtig ging er die Stufen vom Hauseingang herunter und trat auf den Fußweg. Er lief ein Stück über die Straße, die im prallen Sonnenlicht lag. Vor dem gegenüberliegenden Haus blieb er stehen.

Ein Mann stand am Gartenzaun und sah Kerul mit großen Augen an.

Kerul legte die Hände über dem Kopf aneinander, klatschte zweimal und klapperte mit den Eckzähnen. Dann rückte er seine Blümchen-Ohrenschützer zurecht, drehte sich wieder um und ging zurück zu den Schwestern. „Ganz schön warm, die Ohrhauben."

„Nimm sie doch ab", schlug Daka vor.

„Aber ... vorsichtig", riet Silvania. Selbst wenn Kerul ein Halbvampgole war – was noch lange nicht feststand –, wussten sie nicht, welche vampirischen Eigenschaften bei ihm weniger und welche mehr ausgeprägt waren. Vielleicht zerfielen seine Ohren zu Staub, wenn sie mit Sonnenlicht in Berührung kamen. Das würde nicht schön aussehen.

Kerul streifte erst den einen, dann den anderen Ohrenschützer nach hinten. Seine Ohren waren knallrot. Und etwas platt. Aber sie zerfielen nicht zu Staub.

„Das kribbelt!" Kerul grinste. Ohne zu zögern, streifte er sich den Hut vom Kopf. „Oh, das kribbelt noch mehr!" Kerul schloss einen Moment die Augen. Es war, als würden ihm die Sonnenstrahlen eine Kopfmassage geben.

Er zog die Handschuhe aus, riss sich das Handtuch vom Hals und machte dabei vor Wonne ständig „Uh!" und „Oh!" und „Hui!".

Daka und Silvania sahen Kerul mit gerunzelter

Stirn zu. Offenbar hatten die ersten Sonnenstrahlen auf Kerul eine etwas andere Wirkung als auf sie. Wahrscheinlich, weil sich die Schwestern langsam an die Sonne gewöhnt hatten. Kerul hingegen bekam gleich die volle Ladung ab.

Kerul hatte mittlerweile auch den langen Mantel von Herrn Tepes abgestreift und führte eine Art Freudentanz auf dem Gehweg auf. Es sah aus, als würden ihn unsichtbare Hände durchkitzeln.

Der Mann am gegenüberliegenden Gartenzaun hatte jetzt nicht nur die Augen, sondern auch den Mund aufgerissen.

Kerul drehte sich ein paarmal und schwebte dabei leicht über den Gehweg. Er sah zum Himmel und rief: „Die liebe Sonne!“ Auf einmal griff er mit beiden Händen an seine Hosenbeine und zog sie mit einem Ruck bis zu den Knien nach oben. Seine kamelmilchweißen Beine blitzten wie zwei Rettiche im Sonnenlicht.

„Nein!“, schrien Daka und Silvania gleichzeitig.

Doch zu spät. Kerul schrie vor Schmerz auf und krümmte sich.

Die beiden Mädchen handelten sofort. Daka riss das linke Hosenbein wieder nach unten. Silvania das rechte. Dann packten sie ihren virtuellen Zwilling und schleiften ihn zurück ins Haus.

Der Mann am Gartenzaun gegenüber sah, wie die Haustür der Tepes’ zuschlug. Er stand noch viele Sekunden danach am Gartenzaun und dachte über Menschen, die Fülle des Lebens und über die liebe Sonne nach.

Im Haus der Tepes' wurde nicht viel nachgedacht, sondern gehandelt. Zunächst spuckten beide Mädchen so kräftig sie konnten auf Keruls Waden, die so rot waren wie zwei Knackwürste. Dann legte Silvania den stöhnenden Gast auf die Wohnzimmercouch. Sie hielt ihm etwas Heimatwüstensand unter die Nase.

Daka presste Eiswürfel an seine Beine. „Schon besser?“, fragte sie besorgt.

Kerul nickte schwach.

„Beine, Brust und Bauch sind ganz empfindliche Stellen“, erklärte Silvania. „Die gewöhnen sich nur sehr langsam an die Sonne. Wenn überhaupt.“

„Hätten wir gewusst, dass du gleich alle Klamotten von dir reißt und ein Sonnenvollbad nehmen willst, hätten wir dich gewarnt“, warf Daka ein.

„Aber sonst“, sagte Silvania und zog den kleinen Block aus der Rocktasche, „hast du das Sonnenlicht ausgezeichnet vertragen.“ Sie nahm einen Stift und schrieb:

2. *Stufe: Der Tageslichttest – bestanden.*

3. Stufe: *Der Bluttest*

Der letzte Test war der wichtigste und gefährlichste Test von allen. Gefährlich war er hauptsächlich für Ludo.

Der Freund der Vampirschwestern lag in Keruls Jurte auf dem muffigen Teppich. Unter seinem Kopf lag ein Kissen. Ludo hatte den Kopf nach links gedreht und die halblangen braunen Haare nach hinten gestreift. Sein Hals leuchtete hell im dumpfen Licht, das in der Jurte herrschte. Ludos Halsschlagader war deutlich zu erkennen. Sie pulsierte voller Leben. Voller Blut.

„Was soll ich jetzt noch mal machen?", fragte Ludo und hob leicht den Kopf.

„Bleib einfach ruhig liegen", sagte Daka.

„Nur, wenn du eine böse Vorahnung hast, musst du dich ganz schnell vom Teppich machen", fügte Silvania hinzu.

„Was denn für eine böse Vorahnung ...?", fragte Ludo, doch in dem Moment betrat Kerul die Jurte. Er starrte auf Ludos entblößten Hals.

Ludo zog die Augenbrauen hoch. „Ach so."

„Und falls es aus der Zukunft Empfangsstörungen gibt", flüsterte Daka, „sind wir ja auch noch da."

Daka und Silvania hatten ihren Freund Ludo gebeten, ihnen beim letzten Test mit Kerul zu helfen. Sie hatten Ludo allerdings nicht genau erklärt, worum es dabei ging und ihm auch nicht gesagt, warum sie gerade ihn und nicht Helene um Hilfe gebeten hatten. Eins war klar: Sie brauchten einen Menschen, um den Bluttest mit Kerul zu vollziehen. Und zwar am besten einen Menschen, der schnell reagieren konnte, sollte Kerul wider Erwarten dem Blut verfallen und zubeißen. Und welcher Mensch konnte schneller reagieren als Ludo, der Dinge vorhersah und wusste, was als Nächstes geschah? Zumindest, wenn er klare Bilder aus der Zukunft empfing. Was nicht immer der Fall war.

Kerul trat langsam näher an Ludo heran. Er musterte den Menschen auf seinem Teppich. Dann schielte er zu Daka und Silvania, die hinter Ludo standen. „Da liegt was auf meinem Teppich."

Daka nickte. „Dein Mittagessen."

Ludo riss die Augen auf und schnappte nach Luft.

„Verstehe." Kerul kniete sich vor Ludo. Erst beäugte er ihn von oben bis unten. Dann schnupperte er an ihm vom Kopf bis zu den Füßen und zurück.

Ludo lag steif wie eine Zeltstange da, nur seine Augen folgten dem Vampir neben ihm.

Kerul fuhr sich mit der Zunge über die langen, spitzen Eckzähne. Seine goldenen Augen funkelten vor Gier. Dann beugte er sich über Ludo. Ungefähr zehn Zentimeter von Ludos Hals entfernt hielt er inne. Wie gebannt starrte er auf Ludos Halsschlagader. Etwas Speichel tropfte von Keruls linkem oberen Eckzahn und fiel auf Ludos Hals.

Ludo zuckte zusammen.

Silvania und Daka verzogen die Gesichter.

Kerul atmete tief ein. Er seufzte genüsslich. Dann rückte er noch näher an Ludos Hals heran. Er war jetzt höchstens noch fünf Zentimeter entfernt.

Entsetzt sahen Daka und Silvania, wie Kerul die Eckzähne aneinanderwetzte. In seinem Gesicht loderte ein unbändiges Verlangen. So hatten die Mädchen ihren virtuellen Zwilling noch nie gesehen. Er wirkte wild, animalisch und gefährlich. Und vollkommen fremd. Er machte ihnen Angst. Er wollte doch nicht etwa ... Er würde doch nicht ... Das konnte, das durfte er nicht tun!

Kerul bewegte sich die letzten Zentimeter auf Ludos Hals zu. Zwischen seine Eckzähne und Ludos Hals hätte höchstens noch ein Kamelhaar gepasst.

Ludo schielte zu seinem Hals. Spürte er die kalten, feuchten Eckzähne schon auf seiner Haut oder bildete er sich das nur ein?

Kerul spannte alle Muskeln an, dann öffnete er langsam den Mund. Seine Eckzähne blitzten bedrohlich im fahlen Licht. Er fauchte wie ein Tiger, kurz bevor er sich auf die Beute stürzte.

Daka und Silvania hatten die Augen vor Panik weit aufgerissen. Trotzdem konnten sie kaum glauben, was sie unmittelbar vor sich sahen. Kerul wollte Ludo beißen – es war eindeutig. Hatten alle Tests vorher versagt? War Kerul doch ein blutrünstiger Vampgole, der selbst vor hilflosen, hellsichtigen, zwölfjährigen Jungen nicht haltmachte? Wenn ja, dann mussten sie Ludo sofort in Sicherheit bringen. Rapedadi! Doch sie waren wie gelähmt vor Entsetzen.

Gerade, als Silvania aus der Starre erwachte und sich zwischen Ludo und Kerul werfen wollte, fragte Kerul Ludo ruhig und leise: „Welche Blutgruppe bist du?“

Ludo schielte zu Kerul. „B?“

Kerul rümpfte die Nase und richtete sich auf. „Ich hab erst letzte Woche eine Herde Yaks mit Blutgruppe B leer gesaugt. Bleib mir bloß vom Eckzahn mit solcher roten Plörre!“

Silvania und Daka starrten Kerul an, als wäre er selber ein Yak.

„Reingelegt!“, rief Kerul auf einmal, klapperte vor Begeisterung über seinen ausgeklügelten Scherz mit den Eckzähnen und flog ein kleines Looping, bei dem er an die Jurtendecke stieß.

Daka warf einen Blick auf Ludo, der sich auf dem Teppich aufgerichtet hatte. „Wusstest du das die ganze Zeit?“

Ludo zuckte mit den Schultern und grinste.

Silvania sah kurz zu Kerul und Ludo, verzog den Mund, holte ohne weiteren Kommentar den Block aus ihrer Rocktasche und notierte:

3. Stufe: Der Bluttest – bestanden.

Gesamtauswertung:

Knoblauchtest:	bestanden
Tageslichttest:	bestanden
Bluttest:	bestanden
Halbvampgolentest:	bestanden

Dann rollte sie einen großen Papierbogen auf, den ihr Daka reichte. Silvania schrieb in Schönschrift:

ZERTIFIKAT

Kerul Tschagatai Jugur Selenga hat erfolgreich am Halbvampgolentest teilgenommen. Somit ist er ein geprüfter und beglaubigter Halbvampir.

Silvania und Daka unterschrieben das Zertifikat, dann reichten sie es Kerul.

„Boi felishnuk!“, sagte Silvania.

„Willkommen in der Gruft“, sagte Daka.

Kerul nahm das Zertifikat mit leicht zitternden Händen entgegen. Er las es ganz genau durch. Dreimal. Dann blickte er auf. „Ich bin ein Halbvampir.“

Daka, Silvania und Ludo nickten.

Kerul sah noch einmal auf das Zertifikat, dann wieder zu den anderen. „Ich bin ein Halbvampir!“

„Freust du dich denn auch ein wenig oder findest du Halbvampirsein immer noch blöd?“, fragte Silvania.

Kerul dachte einen Moment nach. „Ich bin mir noch nicht sicher. Es ist komisch, ich dachte mein Leben lang, ich bin ein richtiger Vampir, dabei bin ich ein halber. Und ein halber Mensch.“

Ludo nickte nachdenklich. „Das ist, als würde ich herausfinden, dass ich nur ein halber Junge bin und zur anderen Hälfte ein Mädchen.“

Silvania, Daka und Kerul sahen Ludo mit gerunzelter Stirn an.

Ludo zuckte mit den Schultern. „Ich mein ja nur.“

Schließlich fuhr Kerul fort: „Aber ich bin froh, endlich zu wissen, warum ich anders bin als die Vampgolen in meinem Heimatdorf. Ich bin nicht krank und muss nicht länger versuchen, einen Yak auszusaugen, wenn ich gar nicht will.“

„Das ist doch schon mal ein Grund zum Feiern“,

fand Daka, die von ihrem Papa die Leidenschaft für Feste aller Art geerbt hatte.

Kerul, Daka, Silvania, Ludo und Helene feierten tatsächlich. Ludo und Helene die halbe Nacht. Kerul, Daka und Silvania fast die ganze Nacht. Die Halbvampire redeten bis zum Morgengrauen. Kerul wollte alles Mögliche über das Leben als Halbvampir wissen. Und Silvania und Daka hatten allerhand zu erzählen.

So kam es, dass Kerul am Morgen flughundemüde in seine Jurte taumelte. Er rollte sich in seinen Teppich und schlief sofort ein. Zum ersten Mal seit seiner Landung in Bindburg schlief er tief, fest und sehr lange. Zu lange. Die Sonne versank bereits am westlichen Horizont und die Abenddämmerung legte sich über die Reihenhaussiedlung, als Kerul noch immer von der mongolischen Steppe träumte.

Eingehüllt in seinen muffigen Teppich, umgeben von süßen Träumen, fühlte Kerul sich geborgen und sicher. Doch er war alles andere als das, wie sich bald herausstellen sollte.

Angriff mit Rüssel

Dirk van Kombast lag nicht so bequem wie Kerul. Er lag im Gebüsch. Genau genommen in dem kleinen Strauch, der direkt an das Nachbargrundstück der Familie Tepes grenzte. Vorsichtig schob er mit den Händen ein paar Zweige zur Seite und beobachtete das Geschehen in der Jurte, die seit ein paar Tagen im Garten seiner transsilvanischen Nachbarn stand. Da gab es allerdings nicht viel zu beobachten, denn in der Jurte geschah rein gar nichts. Hin und wieder drang ein leises „Pffff" oder auch ein „Tüff Tüff Tüff" aus der zeltähnlichen Behausung. Sonst regte sich nichts.

Genau, wie der Vampirjäger gehofft hatte. Der Zeitpunkt war perfekt. Herr Tepes war vor einigen Minuten zur Nachtschicht ins rechtsmedizinische Institut aufgebrochen. Elvira Tepes begleitete ihre Mutter an diesem Abend in die Oper. Und die flatterhaften Töchter besuchten ihre Freundin Helene, wenn Dirk van Kombast das alles richtig mitbekommen hatte.

Die neuen Nachbarn waren also ausgeflogen und hatten ihren Gast alleine im Garten zurückgelassen. Wahrscheinlich wollten sie ihn nicht wecken. Wie höflich. Dirk van Kombast würde gleich dafür sorgen, dass er noch viel länger und viel fester schlief. So lange und so fest, dass er seine Gastgeber nie wiedersehen würde. Mit seiner neuen Präzisionswaffe sollte das ein Klacks sein. Sie war erst vor wenigen Stunden fertig geworden. Sie war bereit für ihren ersten Einsatz.

Liebevoll strich der Vampirjäger über das gelbe Gehäuse des Staubsaugers. Seine Finger wanderten weiter über den extrabreiten, geriffelten grauen Schlauch bis zur Öffnung, an der er einen großen gelben Trichter angebracht hatte. „Mein *Eau de Knobi-Souffleur*!“, hauchte Dirk van Kombast.

Die Idee zum *Eau de Knobi-Souffleur* kam Dirk van Kombast beim Putzen. Er hatte schon viele gute Ideen beim Putzen gehabt. (Das war auch einer der Gründe, warum er keine Putzfrau hatte.) Aber diese Idee war eine der besten. Er hatte entdeckt, dass sein Staubsauger einen „Reverse“-Knopf hat, also einen Umkehrknopf. Wenn man ihn betätigte, saugte das Gerät nicht mehr, sondern es pustete alles wieder aus. Nach dieser Erkenntnis war das Wohnzimmer des Vampirjägers zwar etwas schmutzig, aber er selbst fühlte sich enorm erhellt. Er fasste einen kühnen Entschluss: Er würde den Staubsauger so umbauen, dass er Knoblauchzehen zerhackte und den markanten Knoblauchgeruch mit ganzer Kraft nach draußen blies.

Sofort machte er sich an die Arbeit. Er rüstete das Gebläse mit scharfen Klingen aus, die den Knoblauch in lauter kleine Stücke zerhackten. Der Filter fing die zerhackten Stückchen ab, sodass sie nicht den Schlauch verstopften. Der große Trichter am Ende des Schlauchs sorgte für eine gute Streubreite des *Eau de Knobi.* Zum Schluss rüstete der Vampirjäger den Staubsauger mit Batterien aus, damit er transportabel und in jeder Gefahrenzone einsetzbar war.

Dirk van Kombast schmiegte sich an den Staubsaugerschlauch und seufzte. Was für eine Waffe! Was für ein Meisterwerk! Was für eine Schande, dass er den *Eau de Knobi-Souffleur* der Öffentlichkeit nicht vorstellen konnte. Noch nicht. Die Menschen waren noch nicht reif. Sie hatten die Gefahren, die nachts in Wäldern, Kellern, Grabstätten und Schächten mit langen, spitzen Eckzähnen auf sie lauerten, noch nicht erkannt. Doch eines Tages würden sie Dirk van Kombast für seine Weitsicht, seinen Mut und seine Entschlossenheit danken. Sie würden ihm ein Denkmal setzen und seine Erfindungen in eigens dafür geschaffenen Museen ausstellen. Menschen aus der ganzen Welt würden anreisen, um sie zu sehen und ehrfurchtsvoll zu bestaunen.

Der Vampirjäger riss sich aus seinen Zukunftsträumen. Statt im Gebüsch zu liegen, mit einem Staubsaugerschlauch zu kuscheln und von kommendem Ruhm zu fantasieren, sollte er sich lieber um den Vampir im Garten nebenan kümmern. Wenn die blutrünstigen Wesen der Finsternis nicht nur nebenan wohnten, sondern sogar im Garten zelteten, als wäre die Reihenhaussiedlung ein Vampirferienlager, war es höchste Zeit, dass er dem Treiben Einhalt gebot.

Ganz langsam und ganz vorsichtig trat Dirk van

Kombast hinter dem Gebüsch hervor. Er wartete einen Moment, ob sich im Nachbargarten etwas regte. Als alles ruhig blieb, schlich er in gebückter Haltung auf die Jurte zur. Dabei zog er den *Eau de Knobi-Souffleur* leise hinter sich her.

Er stellte sich vor den Eingang der Jurte und lauschte. Doch hinter dem dicken, breiten Handtuch, das die Eingangstür bildete, war nichts zu hören. Behutsam hob der Vampirjäger das Handtuch ein Stück mit einer Hand. Mit der anderen schob er den Staubsaugerrüssel mit dem großen Trichter am Ende langsam in die Jurte. Nachdem der Schlauch mit dem Trichter im Zelt verschwunden war, trat Dirk van Kombast ans andere Ende des Staubsaugers. Er rieb sich die Hände. Dann streckte er den Zeigefinger aus und drückte voller Vergnügen auf den Reverse-Knopf.

Sofort heulte der *Eau de Knobi-Souffleur* auf.

Zack, zack, zack, zerhackte das Gebläse die Knoblauchzehen.

Flopp, flopp, flopp, blieben die Stückchen am Filter hängen.

Wusch, wusch, wusch, brauste die Knoblauchwolke durch den Schlauch, der sich durch den Druck leicht aufbäumte.

Auf Dirk van Kombasts Gesicht erschien ein breites Nussknackerlächeln. Doch im Gegensatz zu dem Lächeln, das er bei seinen Arztbesuchen als Pharmavertreter auflegte, war dieses Lächeln aus echter Freude geboren. Tränen stiegen dem Vampirjäger in die Augen. Er war gerührt. Vom *Eau de Knobi-*

Souffleur. Und von sich selbst. Er konnte es kaum abwarten, den umwerfenden Erfolg seiner Erfindung zu bewundern.

Der *Eau de Knobi-Souffleur* lief auf Hochtouren. Bestimmt war die Knoblauchwolke im Zelt schon ausreichend, um den Gast der Tepes' vom Schlaf direkt ins Koma zu befördern. Der Vampirjäger wartete noch fünf Sekunden. Dann hielt er es vor Neugierde nicht mehr aus. Er trat an den Jurteneingang und hob das Handtuch.

Doch bevor er auch nur irgendetwas erkennen konnte, hörte er einen bestialischen Schrei hinter sich. Er ließ das Handtuch fallen, fuhr herum und sah ein Mädchen auf sich zufliegen. Es hatte ein Bein ausgestreckt, die Fäuste erhoben und blitzte ihn mit glühend hellroten Augen und stechend weißen, spitzen Eckzähnen an.

Knoblauchnebel des Grauens

Kerul stand auf dem Rücken eines ausgewachsenen Maralhirsches. Er hatte die Arme ausgebreitet, federte in den Knien und der mongolische Steppenwind blies ihm ins Gesicht. Allerdings roch er etwas ungewöhnlich streng.

Auf einmal hörte Kerul einen Schrei. Er fuhr hoch. Erst da merkte er, dass er nicht auf dem Rücken eines Maralhirsches stand, sondern in seinen Schlafteppich eingewickelt war. Um ihn herum waren nicht die endlosen Weiten der mongolischen Steppe, sondern die Tischdecken, Handtücher und Vorhänge von Elvira Tepes. Es war auch nicht der Steppenwind, der ihm ins Gesicht blies, sondern irgendeine dicke Luft aus einem komischen Schlauch mit einem Trichter am Ende.

Mit einem Satz war Kerul auf den Beinen. Mit zwei Pirouetten hatte er sich aus dem Schlafteppich geschält. Er trat schnell aus der Jurte und stieß dabei den Schlauch mit dem Trichter hinaus. Als er sah, was sich vor der Jurte abspielte, erstarrte er in seinen Bewegungen.

Ein Mädchen flog mit blitzenden Eckzähnen voran vom Dach des Nachbarhauses auf einen großen, schlanken Mann mit welligem blonden Haar zu. Das Mädchen trug einen engen grünen Anzug, hatte kurze, stachelige hellblonde Haare und hellrote Augen. Es sah aus wie Nara-Venja, die Schwester von Bajar. Aber Nara-Venja wohnte in Ulan-Vampor. Tausende Kilometer von Bindburg entfernt. Was machte sie im Garten der Tepes'?

Der Mann sah aus wie der Nachbar, den Kerul erst vor einigen Tagen auf der Terrasse bei seiner Yogaübung beobachtet hatte. Jetzt hatte er allerdings eine Körperhaltung eingenommen, die eher an Kung-Fu als an Yoga erinnerte.

Nara-Venja stieß mit einem Schrei auf den Mann herab. Der Mann machte aus dem Stand heraus eine Drehung und schleuderte Nara-Venja sein ausgestrecktes Bein entgegen. Die Vampgolin wich in letzter Sekunde aus. Beinahe wäre sie vor die Hauswand geflogen. Sie klammerte sich kurz an die Dachrinne, dann ging sie zum nächsten Angriff über.

Kerul war klar, dass ein Mensch gegen eine Drakung-Fu-Meisterin keine Chance hatte. Hätte Nara-Venja es gewollt, hätte sie den Menschen längst beißen, aussaugen und seine leblose Hülle zurücklassen können. Doch die Regeln des Drakung-Fu besagten, dass man den Gegner schätzen, ehren und in Würde aus dem Kampf gehen lassen soll.

Allerdings musste Kerul zugeben, dass sich der Nachbar gar nicht so schlecht schlug. Zumindest für einen Menschen. Anscheinend beherrschte er ein paar Kung-Fu-Techniken. Er wirbelte herum, sprang in die Höhe, trat kraftvoll mit den Beinen und fuchtelte blitzschnell mit den Armen, wie man es bei seiner Größe und seinen Genen nicht erwartet hätte.

Nara-Venja hingegen bewegte sich immer langsamer und schwerfälliger. Einmal flog sie komplett an ihrem Gegner vorbei, ein anderes Mal stieß sie mit der Handkante nur gegen den Gartenstuhl, hinter dem sich der Nachbar versteckte. Bald flog sie gar nicht mehr, sondern taumelte nur noch durch den Garten. Die Arme hingen wie zwei Waschlappen herab, die Beine knickten immer wieder ein. Ihre hellroten Augen waren verschwommen.

Was war nur mit ihr los? Sie war eine der besten Drakung-Fu-Kämpferinnen von Ulan-Vampor. Und jetzt ließ sie sich von einem Menschen in die Knie zwingen? Es schien fast so, als hätte der Mensch ihr die Sinne geraubt, sie vollkommen benebelt.

Erst da bemerkte Kerul den markanten Geruch. Seine Nasenflügel bebten, als er ihn tief in sich aufnahm. Knoblauch! Kein Zweifel. Frischer, stinkender Knoblauch. Eine riesengroße Wolke davon nebelte den ganzen Garten ein. Und sie kam von …

Kerul griff nach dem Schlauch mit dem Trichter. In dem Moment taumelte Nara-Venja auf Kerul zu. Sie hielt sich eine Hand vor die Nase, ihre Pupillen wanderten nach innen und wie in Zeitlupe kippte sie nach vorne. Sie landete mit der Stirn direkt auf dem Reverse-Knopf. Dann rutschte sie zur Seite auf den Boden.

Der Schlauch in Keruls Hand wackelte, als der Staubsauger plötzlich wieder auf „Saugen“ umschaltete. Es dauerte auch nicht lange, bis das Gerät etwas gefunden hatte, das es aufsaugen konnte.

Dirk van Kombast stand mit hochrotem Kopf direkt vor dem Trichter. „Gib das her!“, rief er. „Sofooooort!“ Dann hatte der Trichter ihn bereits verschluckt. Der Kopf des Vampirjägers verschwand bis zur Nasenspitze.

Kerul ließ den Schlauch los, als der Nachbar seiner Gastfamilie wie wild herumsprang, den Kopf hin und her warf und mit beiden Händen am Trichter zerrte. Doch vergebens. Die Saugkraft des Staubsaugers war so stark, dass sein stolzer Besitzer im Trichter feststeckte.

„Ausschalten!“, rief Dirk van Kombast. „AUSSCHALTEN!“ Dabei stolperte er zurück in seinen eigenen Garten.

Kerul war so nett, den Rest des Staubsaugers hinterherzuschieben. Bevor er sich abwandte, entdeckte er am Staubsauger einen Drehknopf. Daneben stand „Saugleistung“ und an einem Ende „min.“, am anderen „max.“. Kerul betrachtete den Knopf einen Moment nachdenklich. Dann drehte er den Knopf auf „max.“ und flog zurück zu Nara-Venja in den Garten der Tepes’.

Der Staubsauger dröhnte wie eine Maschine auf einer Großbaustelle. Jemand hatte ihn auf volle Leistung eingestellt, also brachte er auch volle Leistung.

Dirk van Kombast hatte das Gefühl, ihm würde das Gehirn aus dem Kopf gesaugt werden. Seine Augenbrauen wanderten unfreiwillig immer weiter nach oben, auf seine Frisur wäre jeder Punk neidisch gewesen. Die Sogwirkung wurde immer größer. Eine Weile tänzelte der Vampirjäger noch auf den Zehenspitzen, dann hob er mit den Füßen vom Boden ab. Der Staubsaugerschlauch bäumte sich auf. Dirk van Kombast wackelte hilflos mit den Beinen in der Luft.

Es sah aus, als würde im Garten des Vampirjägers eine seltsame fleischfressende Pflanze wachsen, die gerade ihre wehrlose Beute verschlang.

Der Gartenzwerg

Simona Zicklein wollte gerade die Vorhänge vor dem Wohnzimmerfenster zuziehen, als ihr Blick in den Nachbargarten fiel. Sie starrte ungläubig mehrere Sekunden auf das Schauspiel, das sich ihren Augen dort bot. Ihr Nachbar – ansonsten ein sehr charmanter und besonnener Mensch – steckte mit dem Kopf in einem Trichter, der offenbar zu einer Art Staubsauger gehörte, und strampelte mit den Beinen in der Luft.

Sie zögerte einen Moment. Sollte sie professionelle Hilfe holen? Vielleicht wollte ihr Nachbar auch gar nicht gestört werden. Er war ein erwachsener Mann. Man konnte davon ausgehen, dass er wusste, was er tat. Er war ein gut aussehender Pharmavertreter. Womöglich probierte er ein neues medizinisches Gerät zur Kopfmassage aus. Eine völlig revolutionäre Behandlungsmethode.

Das Gerät machte allerdings nicht den Anschein, als würde es sonderlich gut funktionieren.

Entschlossen öffnete Frau Zicklein die Terrassentür, schritt durch den kleinen Garten und stellte sich an den Zaun. „Herr van Kombast!“, rief sie über das Dröhnen des Staubsaugers hinweg. „Brauchen Sie Hilfe?“

„Ha! Her Hehörskopf!“, kam eine dumpfe Stimme aus dem Trichter.

Simona Zicklein kletterte schwungvoll über den niedrigen Gartenzaun. Genauso schwungvoll trat sie mit einem Fuß auf einen Schalter am Staubsauger.

Ihr Nachbar kam aus dem Trichter geschossen, als würde ihn der Staubsauger ausspucken.

Seine Haare standen wie eine Zwergenmütze zu Berge. Seine Augen tränten, die Nase wirkte etwas stupsig und dort, wo sich der Trichter festgesaugt hatte, verlief ein roter Streifen um seinen Kopf.

Herr van Kombast versuchte zu lächeln. „Guten Abend, Frau Zicklein. Auch noch mal frische Luft schnappen im Garten?"

Frau Zicklein sah ihren Nachbarn einen Moment sprachlos an. Dann wanderte ihr Blick zum Staubsauger, der jetzt eine Wolke in den Garten blies. Sie rümpfte die Nase. „In meinem Haus ist bessere Luft als in Ihrem Garten." Mit diesen Worten drehte sie sich um, kletterte über den Gartenzaun und verschwand hinter ihrer Terrassentür.

Hä? Häää? Hääää?

Kerul reichte Nara-Venja die Tasse Tee. Er hatte sich im Keller aus Herrn Tepes Vorratsschrank ein Blutröhrchen geborgt und einen Schuss Blut in das Heißgetränk gegeben.

Nara-Venja beäugte das Getränk skeptisch. Vorsichtig nahm sie den ersten Schluck. „Danke!“ Sie lächelte Kerul an. Danach sah sie sich um. „Gar nicht übel. Eine eigene Jurte.“ Sie fügte schnell hinzu: „Aber natürlich nicht so gut wie Ulan-Vampor.“

Kerul hatte Nara-Venja nach dem Kampf mit Dirk van Kombast und seinem Knoblauchverpester in die Jurte gezogen und sie mit Heimatwüstensand wiederbelebt.

„Du bist mir also den ganzen Weg von Ulan-Vampor gefolgt. Du warst das, die ich immer im Nacken gespürt habe“, sagte Kerul.

Nara-Venja nickte. „Dschingbiss Zhan hat mir aufgetragen, dich nicht aus den Augen zu verlieren. Er sagte, du solltest zwar auf Reisen gehen und geläutert zurückkommen, aber dir dürfte auf keinen Fall etwas passieren, da du einer der besten zukünftigen Drakung-Fu-Meister wärst.“

Kerul zog die Augenbrauen hoch. „Ich?“

Nara-Venja deutete mit dem Kopf in die Richtung, in der sich das Haus von Dirk van Kombast befand. „Ich habe mich dort auf dem Dachboden versteckt.

War schön muffig und finster dort oben. Aber auch ganz schön langweilig. Immerhin gab es eine winzige Eisenbahn und ein paar Asseln, mit denen ich Zugfahren spielen konnte." Nara-Venja schlürfte, als sie den letzten Schluck Tee trank. „Und dann habe ich mitbekommen, dass der Menschenkrieger mit der Goldlocke unter mir an irgendeiner Maschine baut. Und dass er das Nachbarhaus beobachtet, genau wie ich. Wie das manchmal gestunken hat! Igitt! Als ich sah, wie er mit diesem rollenden Schlauchhund in den Garten trat, sich im Gebüsch versteckte und dann auf deine Jurte zuging, habe ich eingegriffen."

„Danke. Wahrscheinlich hast du mir das Leben gerettet. Oder zumindest ein Koma erspart", erwiderte Kerul.

Nara-Venja schüttelte den Kopf. So heftig, dass ihre weißblonden Haarstacheln wackelten. „*Du* hast *mir* das Leben gerettet." Sie schnaufte. „Eine tolle Retterin bin ich. Klappe einfach um wie ein altersschwacher Yak. Wenn Dschingbiss Zhan das erfährt, bekomme ich drei Tage Fernflugverbot."

„Das war ja nur wegen der Knoblauchwolke, die aus dem Staubsauger kam", sagte Kerul. „Die hätte jeden noch so starken Vampgolen umgehauen. Selbst Dschingbiss Zhan wären da die Essstäbchen aus dem Bart gefallen."

„Und wieso hat sie dich dann nicht umgehauen?"

„Na ja." Kerul kratzte sich an der Nase. „Das ist so …" Er kratzte sich am Kinn. „Weißt du …" Er kratzte sich am Bauch. „Äh …"

Was sollte Kerul Nara-Venja jetzt erzählen? Sie war eine der besten Drakung-Fu-Kämpferinnen ihres Jahrgangs. Und sie war eine Vollblutvampgolin. Ihre Welt war klar aufgeteilt zwischen Gefährten (Vampgolen und andere Vampire) und Nahrung (Tiere, Menschen, bluthaltige Außerirdische). Für Halbvampire wie ihn war darin ganz sicher kein Platz.

Er könnte behaupten, er hätte Schnupfen. Oder er hätte Nasenstöpsel getragen. Oder er hätte die Knoblauchwolke mit der bloßen Kraft des Willens eines Drakung-Fu-Meisters abgewehrt.

Aber Nara-Venja war auch kein Mädchen, das mit Drakipuppen spielte. Sie war kein Mädchen, dem man Märchen auftischen konnte.

„Was ist?“ Nara-Venja lehnte sich über den Teppich zu Kerul und fragte leise: „Hast du einen Weg gefunden, wie man den Knoblauch als Vampgole abwehren kann? Hast du vielleicht eine Gegenwolke ausgestoßen?“

„Nein. Leider nicht.“

Nara-Venja runzelte die Stirn. „Aber du hast mitten in der Knoblauchwolke gestanden und noch nicht einmal geschwankt. Wieso?“

Kerul fuhr sich mit der Zunge über die Eckzähne. Er sah Nara-Venja fest in die Augen, holte tief Luft und sagte: „Weil ich kein Vampgole bin.“

„Hä?“

„Also zumindest kein richtiger.“

„Hää?“

„Nur ein halber.“

„Häää?“

Bei jedem „Hä“ hatte Nara-Venja die Augen weiter aufgerissen. Kerul hatte Angst, sie würden jeden Moment herausfallen. „Ich bin ein Halbvampgole. Ein Halbvampir sozusagen. Halb Mensch, halb Vampir.“

Kerul sah, wie sein Gegenüber nach Luft schnappte, doch er ließ Nara-Venja nicht zu Wort kommen. „Meine Mutter ist eine Vampgolin und mein Vater ist wahrscheinlich ein Mensch. Deswegen habe ich keinen Heißhunger auf Blut, deswegen macht mir Knoblauch kaum was aus, deswegen vertrage ich auch etwas Sonnenlicht. Hier“, sagte er und hielt ihr eine Papierrolle entgegen. „Ich habe den Test erfolgreich bestanden. Ich bin ein zertifizierter Halbvampir.“

Nara-Venja starrte Kerul an, dann auf die Papierrolle, dann wieder zu Kerul. „Ich glaube, du bist nicht geläutert, sondern total belämmert.“

Kerul zuckte mit den Schultern. „Das kann man sich wahrscheinlich besser vorstellen.“

„Ein Halbvampir.“ Nara-Venja verzog angewidert das Gesicht. „So etwas gibt es gar nicht.“

„Ich bin nicht der Einzige. Silvania und Daka, meine Gastgeber, sind auch Halbvampire. Deswegen haben wir uns im *VampirVZ* als virtuelle Zwillinge gefunden.“

Nara-Venja blieb der Mund offen stehen. Vier spitze Eckzähne blitzten in der Jurte auf. „Es gibt noch mehr Vampire, die so belämmert sind, dass sie denken, sie wären Halbvampire?“

„Wir *sind* Halbvampire. Du musst mir glauben“, beschwor Kerul sie.

„Aber ... aber ... aber ein halber Vampir, das ist ja so was wie ein Elefant ohne Rüssel. Das ist ja ... schrecklich!“

Heimweh

Nachdem Nara-Venja die anderen Elefanten ohne Rüssel beziehungsweise die Halbvampire Daka und Silvania kennengelernt hatte, glaubte sie zumindest, dass es halbe Vampire wirklich gab und Kerul nicht nur halb durchgedreht war.

Nachdem sie zwei Tage und Nächte mit ihnen verbracht hatte, fand sie die Halbvampire gar nicht mehr soooo schrecklich. Na gut, ihre Eckzähne waren mickrig, sie aßen ekelhaftes Zeug und sie waren mit Mahlzeiten befreundet. Das war immer noch schrecklich genug. Aber Nara-Venja sah ihnen durch eine Ritze in der Jurtenwand auch mit Neid dabei zu, wie sie am hellerlichten Tag ohne Probleme und ohne tropfende Eckzähne durch eine Welt voller leckerer, gut durchbluteter Mahlzeiten liefen. Selbst sie musste zugeben: Ein Dasein als Halbvampir hatte Vorteile.

Ihr fiel es jedenfalls sehr schwer, nicht auf ihren grünen Anzug zu sabbern, wenn die Zwillingsschwestern Besuch von Helene und Ludo bekamen. Die beiden waren wirklich zum Anbeißen und rochen unwiderstehlich.

Sie bewunderte Herrn Tepes dafür, wie gut er sich zusammenreißen konnte und mit Helene und Ludo ganz normal redete, statt ihnen an den Hals zu fallen und sie bis auf den letzten Tropfen auszusaugen.

Er behandelte sie fast, als wären sie normale Vampire und keine Lebensmittel. Herr Tepes musste einen sehr starken Willen und eine perfekte Selbstbeherrschung haben. Er wäre ein großartiger Drakung-Fu-Meister. Fliegen konnte er schon wie einer, fand Nara-Venja. Überhaupt, er war ein Prachtvampir.

Allerdings musste auch Herr Tepes seine schwachen Momente haben. Schließlich hatte er sich in einen Menschen verliebt.

War es Keruls Mutter ähnlich ergangen? Hatte sie sich in einen Menschen verliebt? Und wenn ja, was konnte Kerul dann dafür? Im Gegensatz zu Herrn Tepes hatte Keruls Mutter sich nie getraut, zu ihrer ungewöhnlichen Liebe zu stehen. Vielleicht, überlegte Nara-Venja, war das im traditionalistischen Ulan-Vampor auch viel schwieriger. Noch nicht einmal Kerul, ihrem eigenen Sohn, hatte sie etwas von seinem menschlichen Vater gesagt.

„Du musst dir ja wirklich wie ein Außerirdischer in Ulan-Vampor vorgekommen sein“, sagte Nara-Venja und steckte sich eine Blattlaus in den Mund.

„Wie ein Außerirdischer, der gar nicht wusste, dass er ein Außerirdischer ist“, erwiderte Kerul. Er hing kopfüber am Ast gegenüber von Nara-Venja.

„Aber jetzt hast du deinen Heimatplaneten gefunden“, sagte Silvania. Sie saß neben Ludo auf einem der unteren Äste.

Kerul nickte zögernd. „Ich bin wirklich froh, dass ich zu euch geflogen bin. Ihr habt mich aufgenommen, als wäre ich euer echter Zwilling und nicht nur ein virtueller." Er sah von Silvania zu Daka, die auf der anderen Baumseite kopfüber an einem Ast hing. Neben ihr hing Helene. Auch kopfüber. Es sah nicht sehr entspannt aus. „Aber obwohl ich mich in Ulan-Vampor oft einsam gefühlt habe, obwohl ich Nasenaffe genannt wurde und obwohl ich den Yak von Bajar noch immer nicht aussaugen würde, möchte ich zurück."

„Heimweh." Daka nickte. „Kenn ich."

„Gefällt es dir in unserer Reihenhaussiedlung nicht?" Silvania deutete auf die Häuser, die sich nur ein paar Meter entfernt schwarz vom dunkelblauen Abendhimmel abhoben.

„Schon", erwiderte Kerul. „Trotzdem vermisse ich die mongolische Steppe, die endlose Weite, das Röhren der Maralhirsche und das Grunzen der Yaks. Und das leise Schnarchen meiner Mutter neben mir in der Jurte."

„Also fliegst du zurück?", fragte Helene. Sie klammerte sich mit den Armen am Ast fest und ihr Kopf war knallrot.

„Ich kann nicht zurück." Kerul sah traurig vor sich hin. „Die Bewohner von Ulan-Vampor sind sehr traditionsbewusst und von Halbvampiren haben sie noch nie etwas gehört."

„Stimmt", kam es von Nara-Venja.

„Würde ich zurückkehren und verkünden, dass ich halb Vampgole und halb Mensch bin, würden sie mich garantiert verstoßen. Und meine Mutter gleich noch dazu."

„Stimmt auch", meldete sich Nara-Venja wieder.

„Ich will aber nicht länger so tun, als wäre ich ein normaler Vampgole und ständig nach Ausreden suchen, warum ich die besten und blutigsten Stückchen auf dem Teller liegen lasse.“

„Na ja dann …“, begann Daka und kaute vor lauter Grübeln auf ihrer Unterlippe, „… dann weiß ich auch nicht.“

Silvania versuchte sich verzweifelt zu erinnern, ob sie schon einen Roman gelesen hatte, in dem der Held vor einer ähnlich ausweglosen Situation gestanden hatte.

Helenes Kopf wurde vom Nachdenken dunkelrot.

Nara-Venja fiel es beim Anblick von all dem Blut in Helenes Kopf schwer, sich auf ihre Gedanken zu konzentrieren.

„Ich sehe etwas“, sagte Ludo leise. Er hatte die Augen geschlossen.

Nara-Venja sah Ludo erstaunt an. Sie wedelte mit der Hand vor seinen geschlossenen Augen.

„Ludo kann in die Zukunft sehen“, flüsterte Silvania. Sie blickte gespannt zu ihrem Astnachbarn. „Und, was siehst du?“

„Ich sehe hell“, erwiderte er.

„Das wissen wir schon“, sagte Daka.

„Nein, ich sehe richtig hell“, beharrte Ludo. „Richtig helles Licht. Es sind … drei Lichter … drei Kreise … es sieht aus wie drei Sonnen.“

Daka runzelte die Stirn. „Soll das heißen, Kerul muss in eine ferne Galaxie fliegen und auf einen Planeten auswandern, der drei Sonnen hat?“

„Das ist es!“, rief Nara-Venja auf einmal.

Kerul sah sie fassungslos an. „Ich soll in eine andere Galaxie?“

„Nein. Du musst in die Höhle des Yak-Drachen.“

„WAS?!?!“, rief Kerul und rutschte vor Schreck vom Ast.

Die Legende vom Yak-Drachen

Ursprünglich, so besagt die Legende, hatte die Erde vier Sonnen", begann Nara-Venja. „Damals lebten nur ein Yak und ein Drache auf der Erde. Der Yak war zottelig und störrisch und hatte gewaltige, spitze Hörner. Der Drache war riesengroß, hatte furchtbare Klauen, eine gespaltene Zunge und gigantische Flügel. Der Yak und der Drache liebten die vier Sonnen. So sehr, dass sie anfingen, sich um die Sonnen zu streiten. Schließlich verschlang der Drache eine der Sonnen, woraufhin der Yak die andere Sonne verschlang. Als sie beide nach der dritten Sonne schnappten, verschlangen sie sich gegenseitig und die Sonne dazu. Von da an hatte die Erde nur noch eine Sonne. Und es gab einen Yak-Drachen mit zotteligem Fell, gewaltigen Hörnern, furchtbaren Klauen, einer gespaltenen Zunge und gigantischen Flügeln.

Aus Angst, jemand könnte ihm seine drei Sonnen streitig machen, suchte sich der Yak-Drache einen einsamen Ort. Um ganz sicher zu gehen, schob er die einzige große Landmasse, die es damals auf der Erde gab, auseinander. So entstanden mehrere Kontinente. Der Yak-Drache zog sich in die Mitte des größten Kontinents zurück. Seitdem haust er in einer tiefen, dunklen Höhle am Fuße des Changai-Gebirges in der Mongolei.

Alle Vampgolen, ob groß oder klein, kennen diese Höhle. Es ist die Höhle des Yak-Drachen. Alle Vampgolen kennen auch die Geschichten, die man sich seit Tausenden von Jahren über die Höhle und das Ungeheuer darin erzählt. Noch nie hat ein Vampgole, der die Höhle betreten hat, sie wieder lebendig verlassen. Unzählige verwegene, kräftige, weise und große Vampgolen und Drakung-Fu-Krieger sind in der Höhle verschwunden und wurden nie wieder gesehen. Sie alle erlitten das gleiche grausame Schicksal.

Die Legende besagt, dass man bereits des Todes ist, wenn man den Yak-Drachen sieht. Die drei Sonnen glühen in seinem Inneren und sobald er Augen und Mund öffnet, peitschen die Sonnenstrahlen wie Flammen heraus und lassen alles zu Staub verfallen, was sich ihm in den Weg stellt. Tritt ein Vampgole dem Yak-Drachen gegenüber, hat er keine Chance. Er wird bei lebendigem Leib verglühen. Alles, was von ihm übrig bleibt, ist ein Häufchen Asche." Nara-Venja zischte und ließ etwas Heimatwüstensand aus ihrer Hand rieseln.

Die fünf Zuhörer meinten fast, eine feine hellgraue Rauchsäule vor sich aufsteigen zu sehen, so gebannt hatten sie der Legende vom Yak-Drachen gelauscht.

Silvania räusperte sich schließlich. „Und warum soll Kerul in diese grauenvolle Höhle zu diesem furchtbaren Ungeheuer?"

„Das verstehe ich auch nicht", gab Daka zu. „Meinst du, weil der Höhlenbewohner halb Drache und halb Yak ist, hat er wertvolle Tipps für jemanden, der halb Mensch und halb Vampir ist?“

„Oder soll Kerul in der Höhle zusammen mit dem Yak-Drachen ein neues Dorf für Mischwesen aller Art gründen?“, überlegte Helene laut.

„Also ehrlich gesagt, für mich klingt der Yak-Drache nicht so, als würde ich mit dem gerne in einem Dorf wohnen“, sagte Ludo.

„Nein!“ Nara-Venja raufte sich die hellblonden Haare. „Kerul muss den Yak-Drachen besiegen. Er muss in die Höhle gehen und als einziger Vampgole aller Zeiten lebend wieder herauskommen. Dann ist vollkommen egal, ob er Vampgole, Halbvampgole oder ein Gobibär ist. Alle in Ulan-Vampor würden ihn respektieren. So, wie er ist. Versteht ihr?“

Kerul nickte. Er verstand. Nara-Venja hatte recht. Würde er den Yak-Drachen besiegen, wäre er der größte Held aller Zeiten. Nicht nur in Ulan-Vampor. In der ganzen Mongolei. Deine Mutter würde vor Stolz in die Luft gehen. Er könnte mit Bajar Freundschaft schließen, auch wenn er seinen Yak nicht aussaugte. Er könnte Dschingbiss Zhan erhobenen Hauptes gegenübertreten.

Aber Vampgolen, die viel weiser und stärker waren als er, hatten den Yak-Drachen herausgefordert und waren gescheitert. Die Höhle war vermutlich voller Aschehaufen von Aberhunderten furchtlosen Vampgolen. Kerul war zwar ein mutiger Krieger, aber kein lebensmüder.

„Ich weiß jetzt, dass ich als Halbvampgole ein paar Sonnenstrahlen vertragen kann“, begann Kerul zögernd. „Aber bestimmt nicht die geballte Ladung von drei Sonnen direkt vor mir." Er sah fragend zu Daka und Silvania.

Sie schüttelten beide entschieden die Köpfe.

„Und selbst wenn beim Yak-Drachen gerade dreifache Sonnenfinsternis herrscht oder ich sonst irgendwie mit dem Licht fertig werde", fuhr Kerul fort, „wie soll ich dieses Ungeheuer überwältigen? Das ist doch bestimmt fünf Köpfe größer als ich."

„Zehn Köpfe", sagte Nara-Venja.

„Soll das heißen, du machst es nicht?", fragte Helene.

Kerul zuckte mit den Schultern.

Einen Moment wurde es still in dem Baum. Keiner wusste, wozu er Kerul raten sollte. Sie stellten es sich alle fantastisch vor, würde er in die Höhle gehen und den Yak-Drachen besiegen. Dass er den Yak-Drachen nicht besiegen und zu einem Häufchen Asche zerfallen würde, wollte sich allerdings keiner vorstellen. Ihnen war klar, dass Mut und Dummheit oft nah beieinanderlagen. Was sollte Kerul tun?

Daka hielt sich die Hände an den Kopf, nahm links und recht jeweils einen ihrer schwarzen Haarstachel zwischen Daumen und Zeigefinger und zog daran. Das vergrößerte die Ideenbreite. „Onkel Vlad sagt immer: ‚Wer nicht zubeißt, kann auch nicht saugen.'"

Kerul sah sie fragend an. „Du meinst, ich soll es versuchen?"

„Ich nicht. Onkel Vlad." Daka hob abwehrend die Hände.

„Würde es dir helfen, wenn wir …“, Silvania seufzte, „mitkommen?“

„Das ist eine der besten Ideen, die du seit deiner Geburt gehabt hast!“, rief Daka ihrer Schwester zu. Wieso fiel ihr so etwas nicht öfters ein?

„Ihr wollt mitkommen? In die Mongolei? In die Höhle des Yak-Drachen?“, fragte Kerul zur Sicherheit noch einmal nach.

Daka nickte entschlossen.

Silvania grinste hilflos, als hätte sie Knoblauchzehen in den Backen.

„Das ist über sechstausend Flugkilometer entfernt. Und womöglich enden wir alle drei als Aschehäufchen“, sagte Kerul.

„Sechstausend Flugkilometer …“, flüsterte Silvania. Ihre Lippen bebten und ihre Wimpern zuckten, als hätte sie jetzt bereits den Flugwind im Gesicht.

Daka nickte abermals. Allerdings nicht mehr ganz so entschlossen. Sie verbannte die drei Aschehäufchen aus ihrem Kopf und sagte mit fester Stimme: „Wir kommen mit. Schließlich geht es um die Ehre der Halbvampire. Und wenn es schon nicht so viele von uns gibt, müssen wir wenigstens zusammenhalten.“

Auf einmal hellte sich Silvanias Gesicht auf. „Ich habe auch schon eine Idee, wie wir dem Yak-Drachen und seinen drei Sonnen entgegentreten werden.“

Weit von zu Hause entfernt

Der Abendhimmel breitete sich wie ein dunkelblaues Seidentuch mit glitzernden Goldpunkten über eine einzigartige Landschaft aus. Daka war von dem Anblick so gefesselt, dass sie fast so langsam flog wie ihre Schwester. Silvania hatte die Fliegerbrille auf die Stirn geschoben und sah gebannt nach unten.

„Das ist die mongolische Steppe“, rief ihnen Kerul zu und zeigte auf eine unendliche, flache Weite.

„Und das dort, was an lauter ausgebreitete Kamelfelle erinnert, gehört zur Wüste Gobi“, erklärte Nara-Venja, die neben Kerul vor den Schwestern flog.

„Und was ist das dort hinten?“, fragte Daka. Am Abendhimmel hoben sich Berge ab, die wie die dunklen Rücken von riesigen Urzeitechsen aussahen.

„Das ist das Changai-Gebirge“, antwortete Kerul.

Daka, Silvania, Kerul und Nara-Venja starrten die schwarzen Bergriesen an, als könnten sie bereits von hier aus den Schlund der Höhle des Yak-Drachen erkennen.

Sie waren seit zwei Tagen und Nächten unterwegs und hatten über sechstausend Flugkilometer hinter sich gebracht. Natürlich waren sie nicht die ganze

Strecke selbst geflogen, sondern hatten getrampt. Mehrere Flugzeuge waren so nett, sie auf ihrem Rücken ein Stück mitzunehmen.

Kerul und Nara-Venja waren Drakung-Fu-Meister. Sie hätten auch die gesamte Flugstrecke aus eigener Kraft geschafft. Daka war ein Halbvampir. Aber einer, der sehr gut fliegen konnte. Sie hätte vielleicht die Hälfte der Strecke durchgehalten. Was das Fliegen betraf, war Silvania der Pinguin unter den Halbvampiren. Sie schaffte es bis an den Stadtrand von Bindburg und war froh, dort ein Flugzeug zu erwischen, das nach Kiew flog.

Kaum hatten alle auf dem Rücken des Fliegers nach Kiew Platz genommen, hatte Silvania mit dem Mobilnoi eine Textnachricht an ihre Eltern geschickt und Daka eine Fledermauspost. Genau wie sie es versprochen hatten. Es hatte die Schwestern sehr viel Überredungskunst gekostet, ihre Eltern davon zu überzeugen, dass sie ihren virtuellen Zwilling *unbedingt* begleiten und *unbedingt* in die sechstausend Flugkilometer entfernte Mongolei fliegen und *unbedingt* mit in die Höhle eines Yak-Drachen gehen mussten.

Elvira und Mihai Tepes hatten noch nie von einem Yak-Drachen gehört. Sie hatten noch nicht einmal einen normalen Yak in freier Wildbahn gesehen. Einen Drachen auch nicht. Zunächst waren sie strikt, ohne jeden Zweifel und unwiderruflich gegen die ganze Aktion. Schon die Vorstellung, dass ihre Töchter nächtelang allein durch die Weltgeschichte flogen!

Doch dann versprach Silvania, dass sie alle dreihundert Meter eine Textnachricht schreiben würde. Daka versprach, dass sie zur Sicherheit auch noch eine Fledermauspost schicken würde.

Mihai und Elvira kamen ins Grübeln.

Silvania versprach, dass sie trampen würden, und Daka versprach, dass sie beim Trampen zu keinem einsamen, fremden Piloten aufs Flugzeug steigen würden, sondern nur auf voll besetzte Flugzeuge mit netten Stewardessen.

Mihai und Elvira fingen an zu schwanken, zögerten aber noch immer.

Schließlich erklärte Daka mit geschwollener Brust, dass es um den Ruf der Halbvampire der ganzen Welt ging und sie Kerul nicht im Stich lassen dürften. Silvania fügte hinzu, dass Kerul als virtueller Zwilling fast so etwas wie blutsverwandt wäre und Verwandtschaft müsse zusammenhalten. Auch und gerade, wenn es gefährlich wurde. Das würde sogar Onkel Vlad sagen.

Da musste Mihai Tepes vor Rührung seufzen und vor Stolz schniefen. Das waren seine Töchter! Sie setzten sich für andere ein, hielten zusammen und scheuten dabei keine Gefahren. Fast wie echte Vampire.

Auch Frau Tepes war ganz angetan von der Rede ihrer Töchter. Daka und Silvania hatten recht – Kerul war alleine Tausende Kilometer geflogen, um bei ihnen Schutz und Hilfe zu suchen. Sie hatten ihn aufgenommen, er hatte in ihrem Garten geschlafen und ihre Gürkchen gegessen. Sie konnten ihn jetzt nicht einfach selbst seinem Schicksal überlassen.

So kam es, dass Kerul und Nara-Venja zwei Tage später mit ihren neuen Freundinnen aus Bindburg über ihrer Heimat kreisten. „Seht ihr den großen schwarzen Punkt dort unten neben der Senke?“, rief ihnen Kerul zu. „Das ist unsere Jurte.“

„Die ist ja riesengroß“, sagte Daka.

„Und dort, gleich links daneben, ist die Senke, in der die Drakung-Fu-Prüfungen stattfinden“, rief Kerul. Er musste an seinen letzten Kampf mit Bajar denken. An das berauschende Gefühl, das er beim Sieg gespürt hatte. Und daran, wie unehrenhaft er Ulan-Vampor wenige Stunden später verlassen hatte. Doch jetzt war er zurück. Und er war nicht alleine. Tausende Kilometer von seiner Heimat entfernt hatte er Freunde gefunden. Mit ihrer Hilfe würde er den Yak-Drachen besiegen und als Held in die Gemeinschaft der Vampgolen zurückkehren. Oder zusammen mit ihnen zu Asche verfallen. Dieses kleine Detail war noch etwas unklar.

„Ich bringe euch noch zum Eingang der Höhle“, sagte Nara-Venja und flog voran.

Kerul warf einen letzten, sehnsüchtigen Blick auf die Jurte. Er dachte an seine Mutter. Ob sie ahnte, dass er nur wenige Höhenmeter von ihr entfernt war? Vielleicht sah er sie schon bald wieder – vielleicht aber auch nie. Kerul riss sich von dem Anblick los und folgte Nara-Venja, die bereits mit ausgebreiteten Armen auf das gewaltige schwarze Changai-Gebirge zuflog.

Kurz darauf landeten die vier blassen Flugsubjekte am Fuße des Changai-Gebirges.

„Das da", sagte Nara-Venja und zeigte auf ein gewaltiges schwarzes Loch, „ist der Eingang zur Höhle des Yak-Drachen." Vom oberen Rand des Lochs ragten spitze helle Felsstücke nach unten und ließen den Eingang wie den Rachen eines gefräßigen Säbelzahntigers aussehen.

Einen Moment starrten alle auf den Höhleneingang. Es war totenstill. Das schwarze Loch klaffte stumm und bedrohlich, als würde es jeden mit Haut und Haaren verschlingen, der auch nur einen Fuß hineinsetzte.

„Ich mach dann mal wieder den Abflug", sagte Nara-Venja leise. Ihre sonst so feste Stimme zitterte. „Ich sage allen in Ulan-Vampor Bescheid, damit sie sehen können, wie ihr wieder aus der Höhle herauskommt." Nara-Venja blickte ängstlich zum Höhleneingang. „*Wenn* ihr wieder herauskommt."

Kerul sah Nara-Venja ernst an und nickte ihr zum Abschied zu.

Die Vampgolin zog Kerul, Daka und Silvania nacheinander liebvoll an der Nase. Dann erhob sie sich in die Lüfte. „Möge die Modrigkeit mit euch sein!", rief sie ihnen zu und flog in Richtung Ulan-Vampor davon.

Kerul, Daka und Silvania sahen ihr nach, bis sie hinter einem Hügel verschwand. Ihnen kam der Gedanke, dass Nara-Venja vielleicht die letzte lebende fliegende Person war, die sie in ihrem Leben sehen würden.

Dann drehten sie sich langsam wieder zum Höhleneingang um.

Kerul erschien das schwarze Loch noch gewaltiger.

Daka kamen die hellen Felsstücke am oberen Rand noch spitzer vor.

Silvania hatte das Gefühl, etwas lauerte bereits auf sie in der endlosen Finsternis der Höhle. Um sich abzulenken, holte sie das Mobilnoi aus der Rocktasche und tippte mit zitternden Fingern eine Nachricht an ihre Eltern:

Gut gelandet. Flug o.k. Mongolei schön. Wetter gut. Gleich Besuch der Yak-Drachen-Höhle. Alles boibine. S+D

„Okay", sagte Kerul mit dünner Stimme. „Bringen wir es hinter uns. Ihr wollt bestimmt schnell wieder nach Hause."

Daka und Silvania nickten.

„Und ihr wollt wirklich mit da rein?" Kerul sah die Schwestern zweifelnd an. „Ihr könnt auch hier warten. Oder euch in der Zeit die Mongolei mal ein bisschen ansehen."

„Gumox!", sagte Daka. Allerdings sehr leise.

„Vielleicht kann man mit so einem Yak-Drachen auch gar nicht fertig werden. Aber drei Halbvampire können sicher mehr ausrichten als einer", sagte Silvania.

„Und außerdem haben wir die ja auch noch." Daka zeigte auf drei ovale Plastikstücke, die vor ihnen im sandigen Boden lagen und die sie während des Flugs auf den Rücken geschnallt hatten.

Silvania sah auf die Plastikteile vor ihnen und nickte zögernd. Diese Hilfsmittel für den Kampf gegen den Yak-Drachen waren ihre Idee gewesen. Aber würden sie auch funktionieren?

Kerul hob eins der drei Plastikstücke auf. „Also dann – seid ihr bereit?“

In der Höhle des Yak-Drachen

Ist es bei dir da drüben auch so dunkel?", rief Daka ihrer Schwester leise zu.

Sie gingen zu dritt in einer Reihe. Daka links außen. Kerul in der Mitte. Silvania rechts außen.

„Bei mir ist es noch dunkler", erwiderte Silvania, die sich mit beiden Händen eine Schutzbrille vors Gesicht hielt. Es war keine gewöhnliche Brille. Genau genommen war es eine Klobrille. Ganz genau genommen war es eine Klobrille von Frau Tepes. Sie benutzte im Reihenhaus in Bindburg einen ganzen Raum zur Lagerung von Klobrillen. Grund dafür war keine sanitäre Sammelleidenschaft, sondern ihr Beruf. Elvira Tepes hatte einen Klobrillenladen und gestaltete Klobrillen so, dass die Verrichtung der Notdurft zum Kunsterlebnis wurde.

Es war Silvanias Idee gewesen, drei Klobrillen zu Yak-Drachen-Schutzbrillen umzubauen. Die Vampirschwestern und Kerul hatten zusammen mit Frau Tepes getönte Sonnenschutzfolie über das Loch in der Sitzfläche der Brille geklebt. So konnten sie sich den Sitzteil vors Gesicht halten und mit dem Deckel den Rest ihres Körpers vor den drei Sonnen des Yak-Drachen schützen.

Wie viel Schutz diese Schutzbrillen tatsächlich boten, wusste natürlich niemand. Es lagen keine Testergebnisse vor.

Silvania hielt sich ihre Schutzbrille vors Gesicht, seit sie die ersten Schritte in die Höhle gewagt hatten. Wer sagte denn, dass der Yak-Drache ganz hinten in der Höhle hauste? Vielleicht sah er gerne mal ab und zu zur Tür hinaus und schnupperte frische Luft.

Kerul und Daka hatten ihre Schutzbrillen auch aufgeklappt, aber sie hielten sie sich noch nicht vors Gesicht. Es war ihnen so schon finster genug in der Höhle, auch ohne getönte Folie vor den Augen. Vorsichtig, als würden sie auf rohen Eiern laufen, setzten sie einen Fuß nach dem anderen nach vorne und drangen immer tiefer in die Höhle ein. Nervös flogen ihre Blicke nach links und rechts. Keine Bewegung, kein Hinweis sollte ihnen entgehen.

Der Boden war anfangs noch aus festem Gestein gewesen. Doch jetzt schien er sich unter ihnen aufzulösen. Er war merkwürdig weich und feucht. Als würden sie auf einer gigantischen Nacktschnecke laufen. Manchmal hatten sie das Gefühl, der Boden würde sich unter ihnen bewegen. Doch dann waren sie sich wieder sicher, dass sie nur ein Stück gerutscht waren. Ein anderes Mal knackte etwas unter ihren Füßen, als wären sie auf ein Schneckengehäuse getreten.

Silvania klammerte sich an der Schutzbrille fest und schielte an die Höhlenwand neben sich. Sie erschauderte, ihr Kinn zitterte. Lange, dünne Striche zogen sich in verschiedene Richtungen an der Wand entlang. Es sah aus, als hätte jemand verzweifelt versucht, sich mit den Fingernägeln festzuhalten.

Oder mit den Eckzähnen. Als hätte sich jemand krampfhaft dagegen gewehrt, in die Tiefe der Höhle gezogen zu werden.

Daka schielte zur linken Höhlenwand. Kleine hellgraue Würmer schlängelten sich zu Tausenden über die feuchte Wand. Normalerweise hatte Daka nichts gegen Würmer. Himbeeren mit Würmern war eins ihrer Lieblingsgerichte. Aber diese Würmer mit ihren dicken Körpern und schwarzen Borsten auf dem Rücken sahen einfach zu unappetitlich aus.

Angewidert wandte Daka den Blick zu Boden. Gerade noch rechtzeitig. Sie sah etwas langes, dünnes Weißes dort liegen und hob den Fuß. Als sie darüberschritt, erkannte sie, dass es ein Knochen war. Noch halb unter Schock setzte Daka den Fuß wieder auf und wäre beinahe weggeknickt, so weich waren ihre Knie.

Einen Moment dachte Daka daran, dass sie jetzt auch zu Hause an ihrer Zimmerleine abhängen und zusammen mit Karlheinz *Krypton Krax* hätte hören können.

Silvania dachte daran, dass sie in ihrem Liebesroman mittlerweile bestimmt schon auf Seite 400 wäre und Bogdan bestimmt schon fünf neue romantische Nachrichten in ihren virtuellen Sargdeckel geritzt hatte.

Kerul dachte daran, dass er sich vielleicht doch dazu überwinden konnte, den Yak von Bajar zumindest halb leer zu saugen. Doch dann sah er die großen braunen Augen des Yaks wieder vor sich und verwarf den Gedanken.

Er zuckte zusammen, als direkt an seinem Kopf ein handgroßes, brummendes Insekt vorbeiflog. Kerul sah nur noch, dass es schwarze gezackte Flügel, große rote Facettenaugen und einen Körper hatte, der wie eine Weißwurst aussah. Dann verschwand das seltsame Insekt in der Dunkelheit.

„Was war das?“, fragte Daka.

„Keine Ahnung“, erwiderte Kerul, der den Luftzug vom Insekt noch spürte und dessen Herz raste. „So ein Insekt habe ich noch nie in der mongolischen Steppe gesehen.“

„Der Yak-Drache war es jedenfalls nicht.“ Silvania drückte die Schutzbrille fast an ihre Nase.

„Vielleicht ist er in all den Jahren geschrumpft“, meinte Kerul.

„Ja, Oma Zezci wird doch auch mit jedem Jahrhundert kleiner“, stimmte Daka zu.

Silvania rümpfte die Nase. „Riecht ihr das auch?“

„Ich war es nicht!“, rief Daka.

Daka, Kerul und Silvania verzogen das Gesicht, als ein aufdringlicher Gestank immer stärker wurde.

„Das riecht wie eine Mischung aus Kuhfladen, Fußballersocken nach einem Spiel mit Verlängerung und faulen Eiern“, sagte Silvania.

„Oder wie eine Mischung aus uraltem, zotteligem Yak und uraltem Drachen mit Mundgeruch?“ Kerul spähte angsterfüllt in die Finsternis vor ihnen.

Auf einmal war ein dumpfes Dröhnen zu hören. Es klang, als würde jemand in der Ferne aufstampfen. Jemand, der sehr große Füße hatte. „Hört ihr das?“ Daka sah die anderen voller Panik an und lauschte.

„Das sind unsere eigenen Schritte“, erwiderte Silvania. „Glaube ich zumindest.“

Die drei Höhlenbesucher blieben stehen.

Wieder erklang das dumpfe Dröhnen.

„Und wessen Schritte sind es jetzt?“, fragte Daka, die ihre Schutzbrille bereits bis zur Nase hochgezogen hatte und über den Rand nervös in alle Richtungen schielte.

Das Dröhnen wurde immer lauter.

RUMMS.

WUMMS.

DIBUMMS.

Kerul, Silvania und Daka rückten immer näher aneinander.

Plötzlich leuchtete der Höhlengang auf, als würde ein Feuerball in seinem Rachen glühen.

„SCHUTZBRILLEN HOCH!!!“, schrie Kerul.

Im nächsten Moment wuchtete sich eine gigantische dunkle Gestalt um die Ecke und riss dabei den halben Felsen mit sich. Als sie die drei Eindringlinge sah, riss sie Mund und Augen weit auf. Das geballte Licht von drei glühenden Sonnen stieß aus ihnen heraus und brannte gnadenlos auf alles hernieder.

Die Asche meiner Besucher

Die Höhle flammte auf, als hätte jemand 500 Flutscheinwerfer gleichzeitig angeworfen. Kerul, Silvania und Daka pressten sich die Schutzbrillen vors Gesicht und an den Körper. Die Kraft der drei Sonnen war so stark, dass die Höhlenbesucher selbst hinter der getönten Folie die Augen zukneifen mussten, um nicht geblendet zu werden. Silvania hätte es nicht gewundert, wenn die Folie samt Klobrille geschmolzen wäre. Und danach sie selbst.

Daka hatte den ganzen Körper angespannt und hielt die Klobrille vor sich wie ein Surfer sein Surfbrett, mit dem er gegen eine gigantische Welle ankämpft. Daka war zäh. Aber nicht kräftig. Wie lange konnte sie dem geballten Sonnenlicht noch standhalten? Schon meinte sie, ihre Knochen bröseln zu hören. Sollte sie tatsächlich so enden? Als ein Häufchen unter einer Klobrille in einer mongolischen Höhle?

Kerul stand steif wie die Höhlenwand hinter seiner Schutzklobrille. Das Sonnenlicht drang unerbittlich durch seine derben Schuhe, die als einzige Stelle nicht vom Klodeckel bedeckt wurden. Es pikste in den Zehen wie tausend Nadelstiche. Doch Kerul wagte es nicht, sich zu bewegen. Er behielt das Sonnenlicht sprühende Ungeheuer fest im Blick. Die ersten paar Sekunden kniff er die Augen zusammen, dann blinzelte er nur noch. Schließlich gewöhnten sich seine Augen an das grelle Licht. Er sah immer deutlicher, was sich nur wenige Schritte vor ihnen erhob.

Auch Dakas und Silvanias Augen kamen immer besser mit dem geballten Sonnenlicht klar. Zwar blinzelten sie noch alle paar Sekunden, aber sie erkannten immer besser, was vor ihnen stand. Als sie das Ungeheuer in seiner ganzen Größe und Scheußlichkeit sahen, stockte ihnen das Blut in den Adern.

Daka zitterte so sehr, dass sie beinahe die Klobrille fallen ließ.

Silvania atmete so heftig, dass die getönte Folie beschlug.

Nur fünf Armlängen von ihnen entfernt stand der Bewohner der Höhle. Das Monster der mongolischen Finsternis. Das unbarmherzige Ungeheuer.

Der Yak-Drache.

Genau wie die Legende es besagte, war sein Fell zottelig und schwarz und seine Hörner so groß und spitz wie bei einem Yak. Sein Hals aber war lang wie der eines gewaltigen Drachen. Aus dem Maul hing eine lange, gespaltene Zunge. Seine kräftigen Krallen waren voller Warzen und seine Flügel dunkelrot.

Genau wie Nara-Venja gesagt hatte, war er zehn Köpfe größer als Kerul. Das Furchtbarste aber waren seine Augen und sein Maul. Hinter ihnen glühten die drei Sonnen, heiß, blendend hell und gefräßig.

Doch obwohl der Yak-Drache sie mit seinem Sonnenlicht verschlingen wollte, gelang es ihm nicht. Kerul, Silvania und Daka waren sich selbst nicht sicher, woran es genau lag – daran, dass sie Halbvampire waren, oder an den Klobrillen von Frau Tepes. Vielleicht hatte die Kraft der drei Sonnen auch in all den Jahrtausenden etwas nachgelassen. Oder der Yak-Drache wollte sie doch nur leicht angrillen und gar nicht sofort zu Staub zerfallen lassen.

Kerul fragte sich langsam, was der Yak-Drache als Nächstes vorhatte. Mittlerweile musste ihm ja aufgefallen sein, dass sie sich nicht verkrümelt hatten oder zu Asche verglüht waren. Würde er sein gefräßiges Maul noch weiter aufreißen, sich mit einem Satz auf sie stürzen und sie verschlingen? Würde er seine kräftigen, scharfen Krallen nach ihnen ausstrecken, sie packen und mit ihnen in die Tiefen der Höhle davonfliegen, aus der sie nie mehr zurückkehren würden?

Was er auch vorhatte – Kerul wurde erst jetzt mit Schrecken bewusst, dass sie keinen Plan hatten. Sie hatten immer nur daran gedacht, dass sie das Licht der drei Sonnen aushalten mussten. Dass sie nicht zu Staub zerfallen durften. Wie es danach weitergehen sollte, daran hatten sie noch keinen einzigen Gedanken verloren. Jetzt waren sie also tatsächlich nicht zu Staub zerfallen und blieben aber so reglos und sprachlos stehen, als wären sie es.

Kerul überlegte gerade, mit welchem Drakung-Fu-Schritt er den Yak-Drachen wieder zurück in die Tiefen der Höhle jagen konnte (die Auswahl war nicht besonders groß), als der Yak-Drache nicht mehr nur Sonnenlicht aus seinem Maul ausstieß, sondern auch seltsame Laute.

Zuerst klang es wie ein fernes Grunzen. Dann wie ein Gurgeln aus dem Mittelpunkt der Erde. Dann wie ein Schall, der langsam und blasenartig durch eine dicke Flüssigkeit an die Oberfläche drang. Schließlich machte es *plopp!* und der Yak-Drache sagte: „Hai-lo, Fleun-de!“

Kerul, Silvania und Daka starrten den Yak-Drachen durch ihre getönten Klobrillen an.

„Er spricht“, flüsterte Kerul.

Daka und Silvania nickten.

„Hat er eben ‚Hallo Freunde‘ gesagt?“, flüsterte Kerul.

Daka und Silvania nickten abermals.

„Meint ihr, er verwechselt uns mit jemandem?“, fragte Kerul.

„Vielleicht mit einem Yak?“, fragte Daka.

„Oder mit einem Drachen?“, fügte Silvania hinzu.

Auf einmal gluckste, blubberte und brodelte es aus dem Yak-Drachen. Wie eine alte Waschmaschine, die schäumend überläuft. Der ganze gewaltige Körper erzitterte. Die Zottelhaare wackelten. Die gespaltene Zunge zuckte. Eine große, runde Wasserblase rollte dem Yak-Drachen aus dem rechten Augenwinkel und fiel auf eine seiner kräftigen Krallen. Sie zerplatzte und bildete eine Pfütze, so groß wie ein Planschbecken.

„Er weint“, flüsterte Silvania.

Wie zur Bestätigung jaulte der Yak-Drache laut

auf und schnaufte einmal kräftig. Ein glibberiger hellgrüner Fladen schoss mit unglaublicher Geschwindigkeit aus seiner Nase und landete nur wenige Zentimeter von Keruls Füßen entfernt.

Flummbatsch!

Kerul, Silvania und Daka starrten auf den Fladen. Dann auf den Yak-Drachen.

„Solly!“, sagte der Yak-Drache. Seine Stimme dröhnte so sehr, dass die Höhlenwände wackelten. Aber sie klang warm und so tief, als wäre sie seit Jahrhunderten in einem Abgrund verschüttet gewesen. „Abel meine Fleude so gloß, dass endlich Fleunde gekommen. Endlich jemand, del bleibt und nicht velfällt zu Staub.“

Der Yak-Drache hob eine seiner riesigen Krallen und zeigte in eine Höhlenecke.

Kerul, Silvania und Daka schnappten vor Schreck nach Luft. Die Ecke war voller Aschehäufchen. Sie bedeckten den Höhlenboden wie unzählige Termitenhügel.

„Die da“, sagte der Yak-Drache. „Keine Fleunde.“ Er seufzte. „Leidel.“ Dann streckte er die Krallen von sich, ließ sich auf den Boden sinken und erzählte den Höhlenbesuchern seine Geschichte.

Seit Tausenden von Jahren, erfuhren Kerul, Daka und Silvania vom Yak-Drachen, war es immer dasselbe. Alle Jubeljahre kam endlich mal jemand in die Höhle, um den Yak-Drachen zu besuchen. Natürlich freute er sich dann sehr – endlich jemand, mit dem er sich unterhalten konnte, endlich jemand, mit dem er lachen konnte. Endlich jemand, der ihm neue Witze erzählen konnte. (Der Yak-Drache liebte Witze. Aber die, die er kannte, waren schon alt und er hatte sie sich selbst schon abertausend Mal erzählt.) Also war es ja wohl verständlich, dass der Yak-Drache vor Freude wie verrückt strahlte und Augen und Mund weit aufriss, wenn er Besuch bekam. Aber kaum hatte der Besucher ihn gesehen, machte er sich aus dem Staub beziehungsweise zu Staub. Darüber war der Yak-Drache sehr, sehr, sehr unglücklich.

„Sehen ich wilklich so zum Fülchten aus?", fragte der Yak-Drache.

Kerul, Silvania und Daka wiegten die Köpfe.

„Odel habe ich Gestank am Kölpel?" Der Yak-Drache schnupperte unter seinen Achseln.

Kerul, Silvania und Daka rümpften unauffällig die Nasen.

„Ist meine Stimme schlill wie Silene?"

Kerul, Silvania und Daka schüttelten langsam die Köpfe.

Der Yak-Drache sah traurig zu den Aschehäufchen und fuhr mit seiner Geschichte fort. Das Einzige, so erzählte er, was von seine Besuchern übrig blieb, waren diese Aschehäufchen und vier spitze Eckzähne. Sie waren so schön und lang, dass der Yak-Drache sie zu sammeln anfing. Da er sonst nicht so viel zu tun hatte in seiner Höhle, bohrte er Löcher in die Zähne. In manchen waren sogar schon Löcher drin. Dann fädelte er die Eckzähne auf eine Kette. So hatte er zumindest ein Andenken an seine bröseligen Besucher.

„Abel ihl nicht Asche." Der Yak-Drache grinste und das Sonnenlicht ergoss sich quer aus seinem Mund. „Ihl Fleunde!"

Silvania starrte noch immer auf die Aschehäufchen.

Daka starrte auf die Kette mit den Eckzähnen, die um den Hals des Yak-Drachen baumelte.

Kerul sah dem Yak-Drachen in die Augen. An dessen Rändern hatten sich bereits wieder planschbeckengroße Freudentränen gebildet.

Einen Moment wusste keiner der drei Halbvampire, was er sagen sollte. Ein ausgewachsener, zotteliger Yak-Drache mit gewaltigen Krallen und gigantischen Flügeln hockte vor ihnen und weinte. Er war zwar kein Häufchen Asche, aber ein Häufchen Elend. Er war nicht bedrohlich, gefährlich oder zornig. Er war einsam, traurig und verzweifelt. Er wartete nicht darauf, dass die nächste Mahlzeit in seine Höhle spaziert kam. Er wartete auf einen Freund. Oder zumindest auf jemanden, der ihm einen Witz erzählen konnte. Jemand, der sich nicht gleich aus dem Staub machte.

Kerul räusperte sich schließlich. „Ein Polizist hält das Auto von einem Vampir an. Auf dem Dach sind zwei Fahrräder. Der Polizist fragt den Fahrer: ‚Haben Sie etwas getrunken?' Darauf der Fahrer: ‚Nur zwei Radler.'"

Silvania und Daka sahen Kerul verblüfft an.

Der Yak-Drache starrte Kerul ebenfalls an. Dann prustete er los. „Nul zwei Ladler!", rief er und prustete wieder. „Del ist gut!"

Kerul, Silvania und Daka waren froh, dass sie die Schutzklobrillen vor sich hatten. Der Yak-Drache lachte und prustete sehr feucht. Es war, als wäre eine Sprinkleranlage in der Höhle angegangen.

Doch der Yak-Drache lachte nicht nur feucht, sondern auch herzlich. Sein gewaltiger Köper wackelte vor Freude. Es dauerte nicht lange, und Kerul, Silvania und Daka mussten mitlachen.

„Ich habe eine Idee!“, rief Kerul auf einmal. „Mach deine Augen und deinen Mund zu“, sagte er zum Yak-Drachen.

„Wild das zweitel Witz?“, fragte der Yak-Drache. Er gluckste vor Vorfreude.

Kerul schüttelte den Kopf. „Mach schon. Schließ deine Augen und deinen Mund. Du darfst sie erst wieder aufmachen, wenn ich es sage.“

Nicht nur der Yak-Drache, auch die Schwestern sahen Kerul fragend an. Was hatte er vor?

„Du bist Fleund, odel?“ Der Yak-Drache musterte Kerul eindringlich.

Kerul nickte. Seine goldenen Augen strahlten warm. „Du kannst mir vertrauen. Und ich vertraue dir auch, dass du nicht blinzelst. Sonst bin ich kein Freund mehr, sondern Asche.“

Der Yak-Drache musterte seine Besucher. Zum Schluss sah er Kerul an und nickte. Dann schloss er langsam den Mund und die Augen.

Mit einem Mal wurde es dunkel in der Höhle. Vom Yak-Drachen waren nur noch seine gewaltigen Umrisse zu erkennen. Wie ein gigantischer, stummer schwarzer Berg erhob er sich vor ihnen.

Kerul trat dicht an den Yak-Drachen heran. Sein Blick fiel auf die riesengroßen, spitzen Klauen. Angst schoss ihm wie kochend heißes Wasser in die Kehle. Ein Hieb mit diesen Krallen reichte aus, um sie alle zu vernichten. Kerul zögerte. Er lauschte auf seinen rasend schnellen Herzschlag, versuchte ihn einzufangen und zu zähmen, wie er es beim Drakung-Fu gelernt hatte. Es dauerte mehrere Sekunden, doch es gelang ihm schließlich.

Kerul hob mit der Schutzklobrille vom Höhlenboden ab und flog direkt vor den Mund des Yak-Drachen. Aus seiner Nase kam ein widerlicher Gestank und Härchen hingen heraus, so dick wie die Tentakel eines Riesenkalmars. Kerul verzog kurz das Gesicht. Dann presste er die Schutzklobrille an den Mund des Yak-Drachen. „Hier, halt das mal genau dort fest."

Der Yak-Drache tastete mit einer seiner Krallen nach der Klobrille. Er tat, was Kerul ihm gesagt hatte.

Kerul wollte gerade zu Silvania und Daka fliegen, als er sah, dass sie mit den Klobrillen in den Händen bereits neben ihm schwebten. Sie hatten verstanden, was Kerul vorhatte. Ohne Worte. Schließlich waren sie seine virtuellen Zwillinge.

Daka legte ihre Schutzklobrille auf das linke Auge des Yak-Drachen. Silvania legte ihre Schutzklobrille auf das rechte Auge des Yak-Drachen. Die Klobrillen klemmten wie Uhrmacherlupen genau zwischen den wulstigen Augenbrauen und den breiten unteren Augenlidern.

Kerul, Silvania und Daka flogen zurück auf den Höhlenboden.

„Jetzt kannst du deine Augen und den Mund wieder aufmachen“, sagte Kerul.

„Aber vorsichtig“, fügte Silvania zur Sicherheit hinzu.

Der Yak-Drache blinzelte. Er öffnete das linke Auge. Dann das rechte. Der Mund ging einen kleinen Spalt auf. Heraus kam ein „Oh“.

Noch immer strömte das Licht der drei Sonnen dem Yak-Drachen aus Augen und Mund. Aber es wurde durch die getönte Schutzfolie gedämpft. Die Höhle war zwar hell erleuchtet, aber nicht mehr so, dass man die Augen zukneifen musste. Oder so, dass man als Halbvampir zu Staub zerfallen wäre.

Es kribbelte Daka an den Ohren.

Silvania hatte das Gefühl, sie würde unter einer heißen Dusche stehen.

Kerul brannte die Nasenspitze. Er fand es herrlich. Es war fast, als würde ihn seine Mutter liebevoll an der Nase ziehen.

„Ich habe dlei Kloblillen im Gesicht“, stellte der Yak-Drache fest.

Kerul nickte. „Damit kannst du jetzt jederzeit Besuch empfangen.“

Der Yak-Drache strahlte (nicht mehr ganz so hell).

Kerul überlegte einen Moment und fügte hinzu: „Zumindest von Halbvampiren.“

„Also von uns dreien“, erklärte Daka.

„Wir wohnen allerdings ungefähr sechstausend

Kilometer entfernt“, gab Silvania zu bedenken. „Allzu oft können wir nicht vorbeikommen.“

Die Mundwinkel des Yak-Drachen sackten nach unten. Beinahe hätte er auch die Schutzklobrille über seinem Mund sinken lassen.

„Aber ich kann ab und zu vorbeikommen“, sagte Kerul schnell. „Und dir die neuesten Witze erzählen.“

Der Yak-Drache grinste und seine Nase tropfte vor Rührung. Er griff mit der anderen Kralle nach der Eckzahnkette, die um seinen Hals hing, und nahm sie ab. „Hiel“, sagte er und hielt Kerul die Kette entgegen. „Als Zeichen unselel Fleundschaft.“

„Danke!“ Kerul nahm die Kette entgegen. Sie war so dick und so schwer wie ein Schiffstau.

Daka sah mit offenem Mund auf die Kette, an der unzählige spitze Eckzähne hingen. Unbewusst fuhr sie sich mit der Zunge über ihre eigenen Eckzähne. Ohne die Schutzklobrillen würden sie jetzt womöglich auch an dieser Kette hängen.

Silvania sah mit offenem Mund den Yak-Drachen an. Die Klobrillen standen ihm ausgezeichnet. Er wirkte sehr weise damit. Einen Moment flogen Silvanias Gedanken über sechstausend Kilometer gen Westen. Ihre Mutter wäre sehr stolz auf ihre Klobrillen, wenn sie sie so sehen könnte.

Held der Höhle

Kaum traten Kerul, Silvania und Daka aus der Höhle, gingen lauter Jubel, begeisterte Schreie und wildes Geflatter und Geflopse wie ein warmer Sommerregen über sie nieder. Ganz Ulan-Vampor hatte sich vor der Höhle des Yak-Drachen versammelt.

„Sie haben es geschafft!“, rief eine Mädchenstimme.

„Kerul ist keine Asche!“, rief ein Jungvampgole.

„Kerul hat die drei Sonnen des Yak-Drachen ausgepustet!“, rief ein anderer.

„Seht doch nur, die Kette!“, rief ein alter Vampgole, dem selbst nur noch ein paar Zähne geblieben waren.

„Kerul ist der größte und mutigste Drakung-Fu-Meister aller Zeiten. Und Silvania und Daka auch!“, rief Nara-Venja und fügte etwas leiser hinzu: „Obwohl sie gar kein Drakung-Fu können.“ Sie flog zu ihren Freunden und zog einen nach dem anderen kräftig an der Nase.

Kurz darauf wurde schon wieder an Keruls Nase gezogen. Doch ganz sanft. Seine Mutter sah ihn voller Stolz und mit Tränen der Wiedersehensfreude in den Augen an. Dann fiel sie Kerul um den Hals und drückte ihn fest an sich.

Kerul atmete den modrigen Geruch ihrer schwarzen Haare tief ein und schloss einen Moment die Augen. Endlich war er wieder zu Hause.

Danach wollte die Schlange der Gratulanten und Bewunderer gar nicht mehr abreißen. Kerul, Silvania und Daka bekamen Kopfnüsse von allen Seiten und ihre Nasen wurden immer länger und roter, so oft zog jemand daran.

Als einer der Letzten stand sein Kampfgegner Bajar vor Kerul. Die beiden sahen einander fest in die Augen. Es vergingen ein paar Sekunden, dann lächelte Bajar. Er hob langsam die Hände über den Kopf und legte sie mit den Handflächen aneinander. Dann klatschte er zweimal und klapperte mit den Eckzähnen, wie es als Gruß vor großen Meistern Brauch war.

„Vampgolen!“, brauste eine Stimme wie ein uralter Nordwind von oben auf sie herab. Dschingbiss Zhan schwebte über den Bewohnern von Ulan-Vampor. Er hatte den Knochenstab erhoben. Eine Strähne hatte sich aus seinem grauen Bart gelöst, den er mit zwei Essstäbchen hochgesteckt hatte, und wehte im Wind.

„Kerul Tschagatai Jugur Selenga hat uns als außergewöhnlich starrsinniger, eigenwilliger und unangepasster junger Krieger verlassen. Noch immer ist er außergewöhnlich starrsinnig, eigenwillig und unangepasst.“ Dschingbiss Zhan sah Kerul ernst an und schüttelte bedauernd den Kopf. Dann hellte sich sein Gesicht auf. „Doch genau deshalb ist ihm das Außergewöhnliche gelungen. Genau deshalb hat er den Yak-Drachen besiegt. Genau deshalb ist er ein Held! Der größte, mutigste und weiseste Drakung-Fu-Meister seit Vampgolen-Gedenken."

Die Vampgolen fauchten, klatschten und flopsten vor Begeisterung.

Nara-Venja flog ein dreifaches Looping.

Bajar jonglierte mit drei Yaks.

Zwei kräftige Vampgolen flogen zu Keruls Füßen. Er stellte sich mit jeweils einem Bein auf ihren Rücken und sie flogen mit ihm in die Höhe.

„Dreimal hoch fliege Kerul Tschagatai Jugur Selenga! Dreimal hoch fliegen seine beiden Freundinnen!", rief Dschingbiss Zhan.

Die Bewohner von Ulan-Vampor jubelten.

„Jetzt wollen wir feiern! Erst fünf Nächte und Tage, wie es nach den Drakung-Fu-Prüfungen vorgesehen war", fuhr Dschingbiss Zhan fort. „Und dann noch einmal fünfundzwanzig Nächte und Tage, um unseren neuen Helden und seine beiden Freundinnen, die Bezwinger des Yak-Drachen und der drei Sonnen, gebührend zu ehren."

Die Bewohner von Ulan-Vampor jubelten jetzt noch lauter. Sie würden dreißig Tage zur Nacht machen – das klang einfach wunderbar.

Während alle flopsten, klatschten, jubelten und sich gegenseitig an den Nasen zogen, holte Silvania ihr Mobilnoi heraus. Schnell tippte sie eine Nachricht an ihre Eltern:

Drache gezähmt. Klobrillen benutzt. Mongolei eine Reise wert. Feuriges Temperament (Vampgolen, nicht Drache). Bald Abflug, S+D

Daka landete nach ein paar Flopsern völlig zersaust wieder neben ihrer Schwester. Ihre Nase war rot und sie schnaufte. „Und ich dachte immer, zu Hause in Oktavians Gruft geht es muffig wild ab."

„Was ist?", fragte Kerul, der gerade neben den Schwestern landete. Seine Wangen leuchteten rot und seine Augen strahlten. „Wollt ihr nicht mitfeiern?"

„Hab ich doch eben schon." Daka war noch immer außer Atem.

Silvania deutete auf ein Flugzeug, das von Osten her Richtung Westen über den Nachthimmel glitt. „Wenn wir uns beeilen, kriegen wir den Flieger noch."

„Ihr wollt nach Hause? Jetzt gleich?" Kerul sah die Schwestern mit großen Augen an.

„Unsere Eltern warten", sagte Daka.

„Und Helene und Ludo", sagte Silvania.

„Und Karlheinz", fügte Daka hinzu. „Außerdem besagt ein altes Sprichwort: Wenn es am muffigsten ist, macht man am besten den Abflug."

Daka und Silvania verabschiedeten sich von ihren neuen Freunden in der mongolischen Steppe. Erst von Nara-Venja. Dann von Kerul. Sie gaben ihm eine Kopfnuss und er zog sie lange und liebevoll an der Nase.

„Danke noch mal", sagte Kerul. „Ohne euch hätte ich den Yak-Drachen niemals bezwungen."

„Danke lieber den Klobrillen", meinte Silvania.

„Und falls dich wieder jemand dazu zwingen will, ein Yak leer zu saugen oder du sonst irgendwie unsere Hilfe brauchst, dann ritz es einfach in unseren virtuellen Sarg, okay?“, sagte Daka.

Kerul nickte. „Und ihr sprüht an meine virtuelle Jurtenwand, wenn ihr mich braucht, zum Beispiel wegen eurem durchgeknallten Nachbarn.“

Kurz bevor Daka und Silvania abhoben, drehte sich Silvania noch einmal um. Ihr war eine Frage eingefallen, die schon lange an ihren Eckzähnen nagte. „Wirst du jetzt deinen Vater suchen?“

Kerul zuckte mit den Schultern. „Darüber habe ich noch nicht nachgedacht.“

Plötzlich wurde Kerul von zwei kräftigen Vampgolen mitgerissen und in die Luft geschleudert. „Er fliege hoch, hoch, hoch!“, riefen die Vampgolen.

Silvania und Daka flogen ebenfalls. Sie mussten sich beeilen, wollten sie den Flieger Richtung Westen noch erreichen.

„Woher kanntest du denn dieses alte Sprichwort, von wegen, wenn es muffig ist, den Abflug machen?“, fragte Silvania, während sie sich immer weiter in den Nachthimmel erhoben.

„Ach das.“ Daka grinste. „Ist mir einfach in dem Moment eingefallen.“ Dann streckte sie die Arme weit aus, legte den Kopf schräg und sich mit dem ganzen Körper in die Kurve. „Bindburg, wir kommen!“

Süßsaure Erinnerungen

Während sich die Nacht in der Mongolei dem Ende neigte und ein Flugzeug mit zwei Halbvampirmädchen auf dem Rücken gerade über das Kaspische Meer flog, saß Dirk van Kombast auf seiner brombeerfarbenen Couch im Wohnzimmer.

Er hatte einen Verband um den Kopf und ein dickes Fotoalbum auf dem Schoß. Langsam blätterte er um und mit jeder Seite flogen ihm neue Erinnerungen entgegen. Erinnerungen an eine wundersame, aufregende, abenteuerliche Reise.

Der Grund, warum er jetzt auf der Couch in die Vergangenheit reiste, war die unerfreuliche Begegnung mit den beiden asiatischen Vampiren im Nachbargarten. Und die unfreiwillige Auffrischung seiner etwas eingerosteten Kung-Fu-Kenntnisse. Sie hatten Erinnerungen wachgerüttelt. Erinnerungen, die durch andere Begebenheiten fast schon vollkommen verschüttet worden waren.

Damals, er muss Anfang zwanzig gewesen sein, war er sechs Monate alleine durch Asien gereist. Er hatte Kung-Fu, Yoga und Frühlingsrollen lieben gelernt. Und so manches andere auch. Was waren das aber auch für herrliche Landschaften, dachte Dirk van Kombast, den Blick ins Fotoalbum gerichtet. Was waren das für wunderbare Gebäude! Und was für herzliche Menschen!

Ganz anders als die beiden asiatischen Vampire in Nachbars Garten.

Dirk van Kombast blätterte um. Die ersten Bilder von seinen wenigen Stationen in der Mongolei erschienen. Er hatte leider nur ein paar Tage in diesem sagenhaften Land verbringen können. Er war nur zwischengelandet. Doch diese Tage waren so wunderbar und voller Erlebnisse gewesen. Ja, in der Mongolei hatte es ihm am besten gefallen.

Er hob den Blick aus dem Fotoalbum und starrte einen Moment vor sich hin. Er lächelte versonnen. Dann sah er aus dem Wohnzimmerfenster. Aus dem Müllbehälter vor dem Haus quoll ein Staubsauger mit einem großen gelben Trichter. Dirk van Kombast verzog das Gesicht, wandte den Blick ab und sah in den Himmel. Bald würde sich die Nacht über die Reihenhaussiedlung senken. Bald würde Dirk van Kombast den Kampf gegen die bissigen Wesen der Finsternis wieder aufnehmen.

Wörterbuch

Vampwanisch	**Deutsch**
aij!	Autsch!
azdio!	Tschüss!
azfugli	Abflug
Biblionyk	Bibliothek
boibine; boi	super, toll, schön
Boi felishnuk	Herzlichen Glückwünsch
Boi fugli!	Guten Flug!
Boi motra!	Guten Morgen!
Boi noap!	Gute Nacht!
Boi searo!	Guten Abend!
Boi venti!	Herzlich willkommen!
bosch	schlagen, hauen
Budnyk	tropfsteinähnliche Wohnung der Vampire
Budnyk gurond	Budnyk, der im Boden verankert ist
Budnyk kapoi	Budnyk, der in der Decke verankert ist
datiboi	danke
Dinmid	Mischung aus Dinner und Mitternachtsessen
do	in

doi	im
entrom	eingeben, hineinstecken
Flatliac	Fledermaus
Flatliac kolossos	Riesenfledermaus
Flatsch	Comic-Fledermaus
Fugli	Flug
fuglu	fliegen (ich fliege)
Fumpfs	Mist, Kacke
Gazetoi	Zeitung
gdo	wo
Gumox	Quatsch
Gurond	Erde, Boden, unten
Hirobyx	Zecke
hoi boi	alles paletti
Hospitalnyk	Krankenhaus
Hugla	Hügel
Inima/Inimo	Herz
je	ich
jobjei	ihr
jobju	du
jobsche	deine
Kapoi	Decke, Kopf
kolossos	riesengroß, gigantisch

Krawalleri	Attacke, Angriff
Krötz jobju suchoi murja!	Mögest du zu Staub verfallen!
lenoi	faul
Lenoi mutza flatliac.	Den Faulen beißt die Fledermaus.
Melo	Melone
Memu	Mahlzeit, Essen
Mitsch	Comic-Kater
Mobilnoi	Handy
moi	mein, meine, meines, meiner
Mordadente	Eckzähne
Motra	Morgen
Murja	Staub
mutz	beißen
nici	nie
nici doi viati	nie im Leben
nicimo	nichts
oista	sein, ist
onu, zoi, trosch	eins, zwei, drei
pitschko	bitte
Pompfe!	Hilfe!
Proba	Versuch
Porci	Kaninchen
Porci-proba	Versuchskaninchen
Porci-klaperski	Zitterkaninchen, Angsthase
Portokulator	Laptop

pumflex	verdammt, verflucht
rapedadi	schnell, sofort
rapedosch	kräftig und schnell
rapedosch bosch	kräftig und schnell schlagen
Rodna	Heimat
Rodnyk	Rathaus
Saikato	transsilvanischer Tanz
Schlotz zoppo!	Ach, du meine Güte! / Ach, du Schreck!
Schnappobyx!	Prost!
Schnappobyx memu!	Prost Mahlzeit!
Searo	Abend
Skyzati	Entschuldigung
Sterpel	Knochen
subkrupt	kaputtgehen
subkrupt da hirobyx	vor die Zecke gehen
suchoi	verfallen
sushpektoi	seltsam, komisch
Szef	Chef
Theatnyk	Theater
Transsilvania rodna inima moi	Transsilvanien, Heimat meines Herzens
treptoi	gehen, stapfen, trapsen
tschemu	wieso, warum
ug	und
Viati	Leben

Vladder	Lebensweisheit von Onkel Vlad
zensatoi futzi!	supermegawahnsinns-enormsensationell-verblüffendausgezeichnet!
znicnak	verschwunden, weg

Franziska Gehm wurde 1974 in Sondershausen geboren. In Jena, Limerick und Sunderland studierte sie Anglistik, Psychologie und Interkulturelle Wirtschaftskommunikation. Nach dem Studium unterrichtete sie an einem Gymnasium in Dänemark, arbeitete bei einem Wiener Radiosender und als Kinderbuchlektorin. Sie lebt als Autorin und Übersetzerin in München.

Die Vampirschwestern

Band 1

Band 2

Band 3

Band 4

Band 5

Band 6

Sie lassen sich von nichts und niemandem aufhalten! In Windeseile flattern die halbvampirischen Zwillingsschwestern Daka und Silvania in ihre Abenteuer und verlieren dabei nie an Höhenmetern. Auf äußerst liebenswerte und humorvolle Weise lässt Franziska Gehm ihre Fans am Alltag der zwei nicht ganz alltäglichen Mädchen teilhaben.

Loewe